愛別の記

山名恭子
Yamana Kyoko

文芸社

目次

愛別の記

（1）

それは、一冊の大学ノートだった。家へ帰るなり封を切ってとり出したノートの、何の変哲もない薄青い表紙を、少しの間民子《たみこ》はみつめた。

ノートを横向きにした表紙の右上あたりに〝民子へ〟と墨で書かれている。タイトルはない。そして左下に森崎昭彦《もりさきあきひこ》と、しっかりした筆跡の署名がある。森崎昭彦、この名前は今日の昼すぎに訪れた老人ホームで、初めて耳にした。

昨日届いた一通の手紙、その封筒の片すみに特別養護施設、ケアハウス幸和苑《こうわえん》とある。身に覚えのない封書の中味は、ごく事務的な挨拶のあとに、是非出向いてほしいと書かれたいわば呼出状のようなもので、民子にはまったく心当たりがないものだった。

民子の住む岐阜から車で四十分ほど、大垣市の西のはずれ、冬枯れの田が広々とひろがる中にそのホームは建っていた。遠く伊吹の嶺が望める。施設へ一歩入ると、すぐに広いホールになっていて、応接セットが置かれている。一枚ガラスの向こう側に中庭の風景が見渡せた。

民子は案内されるまま、長椅子に腰を下ろした。中庭に数本植えられた沙羅の木がほとんど裸木《はだかぎ》になり、おだやかな冬の日ざしが窓ごしに射し込んでくる。老人ホームとは思えない瀟洒《しょうしゃ》なたたずまいなのだが、何となく落ち着かない。

やがて事務室から男が一人出てきた。小柄で眼鏡をかけている。

男は名刺を差し出し、

「きょうは、お呼びたてして申しわけありませんでした。施設長の佐藤《さとう》と申します」

と、おだやかな口調で言った。

「これをあなたにお渡しするように頼まれていましたもので……」

施設長はＡ４サイズほどの茶封筒を机の上に置いた。

「森崎昭彦さん。ご存知ありませんか」

「ええ、まったく心あたりがございません」

しばらく封筒に落としていた目を上げて、民子は答えた。

「そうですか。あなたのことをたった一人の姪ごさんだと言ってみえましたが」

「えっ、ではこの方は私のおじということなのですね。ここにいらっしゃるのでしょうか。もしそうなら会わせていただけませんか」

「森崎さんは亡くなられました。奥さんと二人で三階にあるケアハウスに入居されてちょうど十年でした。奥さんは五年も前に亡くなられて、森崎さんはずっとお一人でした。お子さんもなく、身寄りもない、天涯孤独だと言っておられましたが、とてもしっかりしておられましたね。でも肝臓に癌がみつかってから急に弱られて、入院して二か月ほどで亡くなられました。九十五歳でした。入院される時に、実は私には姪が一人いると言われましてね」

その時、自分が死んで葬式もすんだらこの封筒を渡してほしいと、住所も名前も教えてもらったのだと、施設長は淡々と話をつづけた。

「すぐ呼び寄せられてお会いになったらと言ったのですが、頑としてすべては私の死後にとおっしゃるものですから、こういうことに……」

突然、自分のことを姪だと言われても民子にはまったく身に覚えのないことで、ただ目を見ひらいたまま話に聞き入るしか術《すべ》がなかった。

「ノートのようですよ。それを読めば事情がおわかりになるかもしれません。どうかお持ち帰りになって読んでみてください。これからの手続きや、くわしいお話はその後でということで」

「そうですか。私としても突然のことで何もわかりませんが、またお伺いすることになるかもしれません。もし本当にその森崎さんという方が、私の身内ということであれば、いろいろと後のこともおききしなければならないでしょうから」

とだけ言うと、民子は挨拶をして外へ出た。来る時は見えていた伊吹の嶺は、白っぽい雲におおわれている。雪になるかもと、民子は急いで車を走らせた。

車が信号で止まるたび、助手席に置いた封筒を確認せずにいられなかった。そこから目に見えない光が射してくるようで民子はその場で封を切りたい思いにかられた。

日暮れにはまだ間があった。家へ帰り居間のこたつの上で、やっと封を切ったのである。

民子はそっとノートの表紙をめくった。縦書きの、黒のボールペンで書かれた文字が目に映った。たしか九十五歳ときいたが、そんな年齢を感じさせないしっかりとした筆跡であった。冒頭に書かれた「民子」の文字が目にとびこんだ。

——民子へ。こう書いていかにもなれなれしいかなと思ったが、今の私にはこのように呼びかけることが慰めでもあるのでどうか許してほしい。

民子、お前は私のたった一人の妹の子だ。いきなりそう言われても戸惑うだろうが、事実だ。だから私にとってはお前がたった一人の姪にあたる。五年前に妻の咲江《さきえ》を亡くして、子どももなく一人きりになった。私ももう九十五歳だ。いつ死んでも不思議ではない。最近体の調子がおかしいので病院で診てもらった。黄疸が出ている。体もだるい。そうした症状から肝炎と言われたが、私にはわかっていた。おそらく癌だろう。私は医師に言った。はっきり言ってくれ、やっておかねばならぬことがあると……。何をきいても驚かない覚悟はできていると……。医師は少し考えこんだが、身内のいない私の事情もよく知っていて、それではご本人に直接言いましょうと、病気が胆管癌であることを告げられた。すでにかなり進行しており手術もむずかしい、しかし手術をすれば、もしかしたら生き永らえることができるかもしれぬとも言った。このままだと長くてあと二、三か月という医師の言葉を遠くにききながら、私はもう早く両親や妹、それに妻の咲江の許に行きたいと切に思った。私は十分に生きた。手術は断わった。

一つだけ民子、お前のことが気になった。このまま黙って逝くべきかもしれぬが、そこに私の煩悩がはたらいた。この世に一人でも私の血につながる者のいる安らぎ、そしてその者に私という人間が生きた証《あかし》のようなものを知っていてほしい、そして何より妹のことを……という願いだ。

幸い私はまだ惚《ぼ》けてはいない。忘れっぽくはなったが、昔のことはよく覚えている。しかし入院したらおそらくこの部屋へは二度と戻れないだろう。今のうちに書き記しておく。お前が読んでくれたら思い残すことはない。――

私はこの人の妹の子、そう呟いてみたものの実感はわかなかった。私の母親は静《しず》だ。父は平吉《へいきち》。しかしこの二人が養父母であることは高校を卒業し就職するときに知った。

その時、母の静は、自分の遠縁にあたる民子の両親が事故で死に、赤ん坊の民子をひきとって育てたのだと言った。悲しい目をしていた。民子自身、静と平吉の深い愛情につつまれて育った歳月を大切に思うようになっていたため、それ以上のことを知ろうとしなかった。それ以来、民子も、静も平吉も実の母や父のことに触れることはなかった。それでいいのだと、ほんとうの両親、特に母親のことを知りたい思いを自分なりに始末をつけて生きてきたのだった。

見合いで結婚したが、やさしい夫と、一人娘の迪子《みちこ》を授かり平穏なくらしをしてきた幸福があったからともいえる。

静と平吉を看《み》とり、夫の康夫《やすお》を喪《うしな》い、一人娘の迪子は大学を出ると、東京の私立高校の英語教師となって家を出て行った。一人の暮らしになった民子を見すましたかのように、心の隅に封印していた実の母親への思いが解きほぐされていく。それは当然のことなのだ。忘れたことはなかったはずだ。老人ホームからの、あの一通の手紙が、強く押された封印を破ったのだ。

部屋が暗くなってきた。立ち上がって灯りをつけた瞬間、電話が鳴った。受話器をとると迪子だった。

「母さん、元気？　変わりない。ごはんちゃんと食べとるの」

「それはこっちの言うことやないの。あんたこそ、元気でやっとるの」

「うん、大丈夫、学期末で忙しいけどね。冬休みに入ったら帰る」

少し間をおいて、迪子は話があるからと言った。民子にはその時、迪子の声が少し湿り気を帯びているように感じられた。離れて住む子の気持ちのありようは、体調までもが電話の声から読みとれる。決していい話ではないのではと疑ったが、待っているからとだけ言って受話器を置いた。ノートの前にすわりこみたい衝動にかられたが、民子はそのまま台所に立った。

けんちん汁を作ろうとその時思ったのは、静がよくこんな薄ら寒い日、けんちん汁を作っていたことを思い出したからだ。ちょうど材料はある。

牛蒡《ごぼう》を洗ってささがきにする。人参と大根は銀杏《いちょう》切り、里芋は皮をむいて茹で、ぬめりをとって輪切りにする。冷蔵庫に豆腐が残っていたはずだ。とりあえずそれだけでけんちん汁はできる。

牛蒡を油で炒めてから、ほかの野菜も炒め、だし汁を注ぐ。

「いっぺんに炒めんと順番にね。牛蒡をよく炒めるとええ匂いがするやろ」

静が言ったことが昨日のことのように思い出される。水切りした豆腐を煮たった鍋の中へ入れる。

これは幼かった頃の、民子の仕事だった。

「包丁で切らんと、手でちぎって入れるとね、味がよう沁みておいしなるんや」

「ふうん、あ、ちょっと大きすぎ」

「ええ、ええ、民子のちぎった豆腐や、おいしゅうなるでえ。火傷《やけど》せんよう気をつけてな」

静はあらかた野菜の煮えたところへ醤油を注ぐと、ほんの少しこうじ味噌を溶き入れた。

「お母ちゃん、何で味噌入れるの」

「これを隠し味いってな、味に深味が出るんや」

七厘の炭火がはぜて、台所にけんちん汁の煮える匂いが満ちていた。

――お母ちゃん――

民子は豆腐をちぎりながら小さな声で呼びかけた。静がなつかしかった。私のお母ちゃんは静だけやのにと、民子は思う。そう思う反面、心が疼《うず》くようにノートのつづきが読みたかった。鍋を弱火にかけ、民子はまたノートの前にすわりこんだ。


――妹、つまりお前のお母さんの名は郁代《いくよ》という。郁代が六歳、私が十七歳の時、二人は別れた。いや別れたというよりその時、私は妹を捨てたのだ。そうなった事情を話そう。このように書いていると、私は自己弁護をするような後ろめたさを感ずる。どうしても自分を正当化したい気持ちがはたらく。しかし幼い郁代が最後に「兄ちゃん」と呼んだ声が忘れられず、非道な兄であったという事実は正当化しようがない。

私と郁代は、京都の郊外、淀《よど》で生まれた。年が離れているのは、私と郁代の間に生まれた子が幼くして死んでいるからだ。

父、森崎新造《もりさきしんぞう》は土木技師で各地を転々としたが、淀川の改修工事にたずさわるため、淀にしばらくの間滞在した。その折宿泊していた料理旅館「川むら」の末娘が、母の綾子《あやこ》である。世話する人がいて綾子と結婚し、父は淀に落ちつくことになった。町のはずれに広大な土地を買い、屋敷を構えた。その家のことは、今でもはっきり思い出すことができる。間どりや家の周りの様子を画《か》くことができるほどだ。大勢の男衆の出入りや、女子衆もいて活気があった。父は人望もあり町長をつとめたこともある。時折上京して、中央の名士とも交流があったようだ。始めた土木関係の事業も順調で、母の綾子はいつも襷《たすき》がけで女子衆の先頭に立って働いていたように思う。あの頃のことは、私の人生の中に一か所、日が当たるようになつかしく温かく思い出す。その頃のことを語れば紙数が足りなくなりそうだし、今はその時間がない。ただ、お前の実の母郁代と私が両親の愛のもとにゆたかで幸せな時を、あの淀という町で過ごしたことを知っていてほしい。時代は大正も終わり昭和に入る頃だった。――

少しずつ糸がほぐれ始めている。淀という地名は淀殿とよばれた秀吉の側室、秀頼の生母のために築かれた城のあるところだぐらいしか知識はない。民子はここまで読んでノートを閉じた。

昭彦という男性の九十五年の人生、また生みの母だという女性の人生もまた、この薄いノートに凝縮されているのだろうか。肩にずしりと重い物がのしかかってくるような感覚を民子は覚えた。

けんちん汁の煮える香りが漂ってくる。静がしていたように醤油を加えたあと、こうじ味噌を溶き入れた。煮えばなを椀によそい、座敷の仏壇の前に行く。

「お母ちゃんのような味にはなかなかならんよ」

呟いて湯気のたつ椀を供え、手を合わせた。静とつれあいの平吉、それと夫の康夫、三人の写真が民子をみつめる。

とうとう最後の時まで、民子の実の両親のことを告げずに逝った静と平吉、しかしお互いの気持ちを思うやさしさが、ずっと三人を結びつけていたように思う。もし夫の康夫が生きていたら何と言うだろう。

「つづきを読んでごらんよ。お前には知る権利がある」

と、勿体ぶって言うかもしれない。民子は微笑して三人の写真に見入った。ほぐれ始めた糸を引っぱれば、静や平吉とすごした歳月の、たった一つのしこりのようなものもほぐれる。そしてそれは静と平吉が民子にとってはまったくの赤の他人であるということを証明することになるかもしれないのだ。その思いは、さびしさを伴って民子をうちのめすものであったが、やはり心の奥に問いかければ、実の両親のことを知りたいという思いは強い。

一人の夕食をすませてからもその思いが勝《まさ》った。


——幸せな暮らしは、突然終わりを迎えた。ある日、母の綾子が原因のわからぬ発熱と腹痛で近くの医院で診察を受けた。すぐに京都の大学病院に移されたのだが診断は腸チフスであった。愛妻家の父は看病に通った。感染したと思われるが自身も同じ病いで入院することになった。

ほどなくして母とは廊下ひとつへだてた病室で肺炎を併発して父は亡くなった。五十六歳であった。大正十五年二月のことだ。母はその二日後に亡くなった。四十二歳、二人ともまだ若い死であった。

父が亡くなったことは、母には伏せられていたが、父の死骸《なきがら》が運び出され母の病室の前を通った時、母は声をふりしぼるように「お父さん」と呼んだそうだ。この話は今書いていても涙がこぼれる。二人ともさぞ無念であったろう。

両親の相ついでの急死は、私と郁代の運命を大きく変えた。二人の葬儀がすむと、親族会議がひらかれた。父は何の書きつけも残していなかった。家屋敷や多くの家財、父が大陸にわたって仕事をしていた頃買いあつめた骨董や宝石、それらは蔵に納められ、まるで博物館のようであったのだが、それらもふくめて親族たちがどのように始末したのかはわからない。めぼしい物はあらかた消えていた。

当時十六歳で、中学を出て京都の私立大学の予科に入学したばかりの私が、もう少ししっかりしていたらと悔やまれることであった。結局「川むら」が兄妹《きょうだい》の後見人ということで二人は引きとられることになった。

使用人たちも皆、ばらばらになったが、中に平吉と静という夫婦者がいた。二人とも三十歳ぐらいで、どういう事情か森崎の家に住みこみで働いていた。

平吉は「川むら」の主人に、とうさん（旦那の娘さん）だけでも私が育てますよって、と申し出た。平吉は体もがっしりとし、目鼻立ちも整った好青年、静はどこかさびしげだがきりりとした色白の女性で、陰日向なくよく働いた。そのせいか、母の綾子には可愛がられていたようだ。

「駆け落ち者」といつか女中たちがひそひそと言っているのを聞いたことがあるが、私はこの二人が好きだった。郁代も一緒にこの二人と暮らしてもよいと思った。しかし「川むら」の主人はにべもなく断わった。

使用人ふぜいが何を言うと呟くのが聞こえた。平吉と静は、その後郷里の岐阜へ帰ったときいた。――

字が乱れはじめている。それは昭彦がいくらしっかりしていたとはいえ、九十五歳という高齢であること、すでに進行した癌をわずらっていることからみれば当然である。乱れはじめた行間から、静と平吉の姿が立ち上がってくる。義父母は、実母の家の使用人だったのだ。静と平吉からみたら主《あるじ》に当たる人の子である自分が、どうして二人の手許で育てられるようになったのだろうか。

幼い頃、平吉のあぐらをかいた膝の間にすっぽりと座りこんで食べた静の手料理の夕食は、今からみれば質素ではあったが、豊かであったと民子は思う。

長良川に架かる橋のひとつを北へ渡った畑作地帯に、静と平吉の小さな家が建っていた。平吉は大工仕事で生計をたて、家の周囲の畑を耕して静が野菜を作った。とれた野菜を岐阜の町の中心部までリヤカーで運んで売りさばく。そのリヤカーに幼い民子はいつも乗せられていた。

「まあ、かわいい子やないの。お父さん似かねえ」

と、よく言われたが、それは民子が静とはあまり似ていなかったということになる。

「ええ、わてに似んでよかったわ」

「静さんに似たって美人になるやろ」

「お上手やね。はいこれ、おまけや」

大きな笑い声を残してリヤカーをひく。

セピア色の川の風景と共に民子はくっきりと思い出す。まだその頃は木の橋で、リヤカーの下の板がごとごとと鳴った。

――私と郁代は「川むら」の四畳半ほどの部屋をあてがわれ住むことになった。今思えば使用人の扱いであった。郁代は、突然いなくなった両親を慕って毎日泣いた。まだ六つぐらいでは無理もない。自分も学資を出してもらえず学校をやめた。まるで男衆のように毎日こき使われた。郁代は私を頼りきりそばを離れようとしなかった。母の綾子が仕立てたメリンスの花柄の着物を着ていて、それが薄汚れても、伯母は洗濯もせず、私が冷たい井戸水で丸ごと洗ってやったこともある。後でわかったことだが、母の綾子は先代の妾腹で、そのことが「川むら」を継いだ姉である伯母の情の薄さにつながったのだと思う。

以前住んだ家を見に行ったことがある。見も知らぬ人達が住んでいた。いつのまにか売却されたのだろう。おそらく莫大な財産が私の知らぬところで動かされたと思った。その頃、「川むら」の入り婿の弟で、ときどき出入りしていた信秀《のぶひで》さんという若い人がいた。東京の大学を出てから、京都の会社へつとめていたらしく、ときどきふ

らりとやってくる。兄とはちがって磊落《らいらく》な人で、私の顔を見ると、

「ひでえ目に遭っとるな。でも負けたらあかんで」

とよく声をかけてくれた。こんなことも言った。

「人間なんてな、欲がからめばあさましいもんよ。新造さんの家を寄ってたかってなあ。まるで禿鷹やで。お前は跡とりやないか。昔なら元服しとる年や。きっと森崎の家をたてなおせよ」

ある日のことだ。信秀さんは私を呼んで一通の封筒を握らせた。

「こん中にな、通帳と印鑑が入っとる。新造さんがな、お前の学資にと貯めてあったものだ。お前の名義になっとる。これだけはこっそり俺があずかっといた。千円ある。親父のかたみだ。大切にせえよ」

彼は、森崎家にもよく出入りし、父の新造とは気が合っていたせいか、二人でまるで親子のようによく話しこんでいたものだ。私たちには同情してくれて、後々まで交際をつづけた。郁代や、お前の消息を伝えてくれていたのも彼だ。

当時の千円は、私にとって想像もつかないほどの大金である。私はそれを自分のわ

ずかな持ち物を入れた行李《こうり》の底にかくした。

一年がたった。郁代はもう泣くこともなく大人しく一人で静かに部屋で遊ぶことが多くなった。私が部屋にもどると、うれしそうに傍へ寄ってくる。大きな瞳で下ぶくれの顔だちは母に似ている。小学校に入学したが、その頃は伯母も世間の目を気にしてか、郁代の身の回りに気を配るようになっていた。こざっぱりとした服を着せてもらい、はた目には何不自由ないように見える。しかし、さびし気な表情は消えない。この頃の郁代が、私の見た最後の姿だ。

民子、私は一度だけ六歳ぐらいのお前に会ったことがある。そのいきさつは後で述べるが、ほんとうにお前は郁代にそっくりだった。あの頃の郁代が突然目の前に現れたと思った。ちがうのは表情が明るかったことだ。郁代はあんなに明るい声で話したり笑ったりはしなかった。――

おぼろげな記憶がよみがえる。たしか小学一年生頃のことだった。学校から帰ると来客があった。

「ただいま」

声をかけると、いつもは迎えてくれる静の姿がない。不安になって奥の座敷へ行こうとするとあわてたように静が出て来た。

「おかえり。お客さんやでね、しばらく外で遊んどりんさい」

小さな声でそう言うと民子の体を押しやるようにした。めずらしく荒っぽい平吉の声が奥から聞こえた。

「ぼん、今更それはないやろう」

子ども心にただならぬ空気を察してそのまま庭へ出た。しばらくして客が帰るらしくあわただしい足音がした。土間の戸を開け、男の人と女の人が出てきた。

大柄でがっしりした体つきをした男性は、民子を見ると、はっとしたように立ちつくした。女性は和服姿で後ろにひっつめたような髪をし、この人は民子をやさしげな目でじっとみつめた。民子は、にっこり笑って大きな声で挨拶したように思う。

静が走り出て来て、民子の体をまるで何かからかばうようにしっかりと抱きしめた。

あの時の静の、息をころしたような表情や抱きしめた腕の力を今でも思いかえすことができる。

あの時、何があったのだろう。もしかしたらあの時の男性が伯父であったのだろうか。そして女性は伯父のつれあいの咲江。

家の中に入ると、平吉が大きな箱をかかえて立っていた。

「そんなもの、ほかってください」

静が大声で言った。

「これくらいはいいやろう。民子が喜ぶかもしれんで……ぼんの気持ちや、もらっとこうやないか」

平吉が言って箱を開けた。そして中から五十センチぐらいの人形をとりだしたのだった。美しい振袖姿の人形だった。

すっかり忘れていた。あの人形はどうなったのだろう。黒々とした瞳をぱっちりと見ひらき、お河童の頭がふさふさとして美しい人形だった。子どもごころに、静がほかってと言ったことがひっかかり、あまり大切にしなかったのかもしれない。あれが伯父の土産だったのだろうか。

その時以来、あの二人が来ることはなかった。

——郁代と別れた前の日のことだ。あの日は春先の少し風の冷たい日であった。私は学校をやめてからは、「川むら」での出前持ちや皿洗い、掃除といった雑用に日々おわれ、忙しく過ごしていた。

そんなある日のこと、出前の注文があり私が届けることになった。手箱を提げて十五分ほど歩いた先に届け先の家があった。石積みの塀に囲まれた当時の代議士邸である。玄関先に手箱を置くと、女中の声をきいてその家の奥さんが出て来た。

「森崎さんとこのぼんやないか。まあ、かわいそうに、かわいそうに」

奥さんはやさしくいたわってくれた。空の手箱を提げ、その屋敷を出たとたん涙があふれた。その夜おそく、私は「川むら」を出る決心をした。その時、郁代のことは頭になかった。鞄《かばん》の中にわずかな衣類や本、それにあの貯金通帳などをつめこんだ。

郁代は何も知らず眠っている。

翌朝、まだ薄暗いうちに私はそっと庭へ出た。裏の木戸を開けたその時だった。

「兄ちゃん」

いつ目を覚ましたのか縁側のガラス戸を開けて、郁代が叫んだ。

「兄ちゃん、どこへ行くの。私も行く」

「すぐ迎えに来るでな、おとなしゅうして待っとれ。ええか」

私はかけもどって郁代の頭をなぜた。郁代はこくんとうなずいた。

それっきりだ。郁代は二十三歳で死んだ。最後の時まで、すぐ迎えにくると言った兄の言葉を信じつづけていたのだろうか。

郁代は二十一歳の時、子を産んでいる。女の子だ。結婚はしていない。いわゆる私生児と当時よばれた子だ。ここでどうしてもお前の父親のことを言わねばならない。父親は、「川むら」の主人、信友《のぶとも》だ。信友は私の母である綾子の姉の夫であるから、義理とはいえ郁代の伯父にあたる。すでに鬼籍に入ったとはいえ、今も怒りとも悲しみともつかぬ思いがこみあげる。郁代の立場はさぞつらいものであったと思う。

子が生まれた時、伯母は岐阜の静と平吉をよびつけた。そして、生まれたばかりの赤子を伯母は二人に養うようにと言った。養子の立場で、信友は、伯母のいいなりになったようだ。郁代は静と平吉にその子を「民子」と名づけるようにと願った。二人は赤子を抱いて岐阜へもどった。

それから二年ほどして郁代は結核をわずらい、名古屋の療養所で亡くなっている。それらのことを、私は信秀さんの手紙で知ったのだ。信秀さんは、私や郁代の父との生前の交誼《こうぎ》を忘れず、それとなく見守っていてくれたのだろう。

静と平吉は、民子を育てながら郁代もひきとり、岐阜に近い名古屋で療養させ、最期も看とってくれたのだという。

静と平吉、この二人には何といって詫びたらいいかわからない。やはり駆け落ち者だった二人は、父の新造に拾われ屋敷に住みこみで働くようになったのだが、その恩義を終生、忘れずにいてくれたのだと思う。

郁代のことを知らされても、私にはどうすることもできなかった。その頃、私は朝鮮半島にいた。あの日家を出た私は、大阪の友人の下宿へところがりこんだ。小さな会社の給仕の仕事をみつけ、月給ももらえるようになった。悪所通いを覚えたのもこの頃だ。千円もの大金は、そこである女に溺れたことでしぼりとられた。まだ成人にも達していない私をだますのは赤子の手をひねるようなものだったのだろう。悪い友人にだまされたりで、金も残り少なくなり目が覚めた。

そんな時、信秀さんがたずねて来た。信秀さんは私が家出してからずい分さがしたらしい。

「昭彦、そんなことで森崎の家を興せるか。ここらで心機一転して朝鮮へ渡ってみたらどうや。お前の親父も若い頃は大陸を渡り歩いとった。修業のつもりで行って心を入れかえてこい」

この言葉で心が決まった。思えばつらい事悲しい事ばかりの日本から逃げだしたかったのかもしれない。この時、私は郁代を完全に捨てたのだ。今思えばそうとしか言えない。

私は朝鮮半島へ渡った。当地で運送会社に就職し十年が経った。当時、日本の植民地だった朝鮮では、たいていの都市に地元の韓国人の住居とは一線を画して日本人町ができていた。妻となった咲江とはそこで出会い結婚した。その間のことは書かない。お前には関係のないことだ。

咲江との出会いと結婚、日本人町での温かな人との交わり、安定したくらし……。やっと自分にも人なみの幸せがと、思った。しかし、その幸せは、日中戦争のさ中、自分にも赤紙が来るまでのことだった。そんな折、信秀さんからの手紙を受けとったのだ。長い間、無理に忘れようとしていた郁代の消息をそのとき知った。涙がとまらなかった。ふっと思い出すたびに、きっと「川むら」の家で今は大切に育てられているはずだと、自分に言いきかせていたように思う。都合のいい兄だった。咲江には黙っていた。自分が応召した後は、一人で暮らすことになる。余計な心配はかけたくなかった。

戦争、敗戦、引揚げと二人とも辛酸をなめたが、運良く咲江の郷里、松山で再会することができた。はじめて咲江に打ち明けた。咲江は言った。

「あなたのご両親と郁代さんのお墓へお参りしましょう。そこで今までのことを詫びなさい。私も行きます」

そして、しばらく考えこむように黙ったが、

「その郁代さんの子、民子さん、私たちの子として引きとったらだめかしら」

急に目の前が明るくなったように私は同意した。たしか無事でいるなら六歳か七歳だ。子どもに恵まれなかった私たち夫婦がわが子として育てればよい。郁代への罪ほろぼしにもなる。

私たちは思いきって岐阜へ向かった。静と平吉の住所は信秀さんが教えてくれた。たずねたずねてようやく会うことができた。私たちの申し出を聞くなり、平吉はきびしい表情になって言った。

「ぼん、今更それはないやろう。今までどこでどうしてはったか知らんけど、六つやそこらのとうさんを放っぽらかして。とうさんが亡くならしたときも知らん顔や。どんな思いでとうさんが亡くならしたか、考えたことあるんかね」

声をふり絞るように言うと平吉はつづけた。

「私らが、最後にとうさんを見舞った時、何ぶん戦争中でな、何も食べるもんがない。静がふかしたさつま芋を持って行ったんやが、それをおいしいおいしいと言って食べなさった。そうして私らに手を合わせ、民子をとだけ言いなさった。そのあくる日、亡くなりんさったんや。私らだけに看取られてな。とうとう民子にも会えなんだ」

日焼けして顔の皺の目立つようになった平吉の頬を涙が一筋流れた。静も涙をこぼしながら言った。

「私はあの子を手離さへんですよ。民子は私らの娘や。私らのことをほんとのお父ちゃんお母ちゃんや思って慕ってくれとる。それをなんで、遠い四国に連れて行くなんて言わはるのですか」

一言もなかった。用意した幾許《いくばく》かの金を差し出したがつき返された。ただ、咲江が工面して手に入れた人形だけは民子への土産として受けとってもらった。

家を辞するとき、民子、お前と出会ったのだ。無邪気に笑って挨拶してくれた。思わず郁代と呟いた。よく似ていた。別れた時の郁代と。一目で静と平吉の娘として幸せに育っていると感じた。ひきとって育てるなど、今更とんでもない思い上がりだった。

帰りみち、ずっと無言でいた咲江がぽつりと言った。

「あの子は、ここにいるのが一番幸せなんでしょうね。あきらめましょう」

二人で京都の寺にある両親の墓に参った。郁代の骨もそこに納められていた。淀へはどうしても足が向かなかった。

　しかし今はしきりに帰りたいと思う。年をとると人間はふるさとへ帰りたいと切に思うらしい。出奔して以来一度も帰らなかった町だ。その町が恋しい。おそらくかつての家屋敷は残っておらず、伝えきけば「川むら」も没落して、今は細々と仕出し屋のようなことをしているという。お前の父川村信友への怒りも忘れねばならない。もともと怒る資格など、私にはなかったのだから。

　民子、やっとお前の実の両親のことを話すことができた。それを話そうとすれば、私の生きてきた歴史も語らねばならなかった。私も咲江も戦後は苦労した。松山に就職口をみつけていた咲江を説得してここ大垣の地に居を定めたのは、少しでもお前の住む岐阜の近くへという思いがあったからだ。最後にこの老人ホームのケアハウスへ落ち着いてからは平穏の日々だった。窓からは遠く金華山が望める。一つまみほどの大きさだ。そのすぐ近くにお前が住んでいると思うと、私も咲江も一人娘を嫁がせた先を眺めているように心が安らいだ。私はたとえ一人になっていくら淋しくても、お前には会わないと心に決めている。何を今更と言った平吉の怒りをこめた言葉が今も心にある。

明日、私は病院へ行く。何日かかってやっとこのノートを書き上げた。

愛別離苦、仏教では人の世に八つの苦しみがあると説く。いわゆる八苦だ。その中でも愛する者と生きながら別れるという愛別は人の心を引き裂く。郁代との別れはまさしく愛別だった。そしてお前との別れを耐えた郁代も愛別の苦しみを味わったのだろう。

長く生きれば生きるほど、この苦しみは続く。しかし別離の苦しみがあれば、再会の喜びもあるだろう。そう信じて、私の一生を閉じるつもりだ。すまなかった。——


ノートはそこで終わっていた。さすがに筆の運びは乱れていたが、最後までしっかりした文章で、森崎昭彦が高齢にもかかわらず理性を失っていなかったことが察せられた。寝る時刻はとうに過ぎていたが眠れそうになかった。

その時、民子をとらえた思いは焦りに似ていた。伯父だという森崎昭彦、彼は自らの死に臨んで、ノートに自分の人生を書き綴ろうとした。おそらく三分の一ぐらいしか書けなかったであろう。しかし民子にとっては、伯父の生きてきた道すじなど、どうでもよいことなのであった。ただ、その道すじに存在した一人の女性、民子の実母だという郁代、若くして死んだいわば薄幸の女性の二十三年の生涯こそ、知りたい。しかし何度目を閉じても、民子には静の顔は浮かんでも郁代の顔は見えてこなかった。

母の名が森崎郁代であること、彼女は幼くして両親と、そしてたった一人の兄とも別れた。不倫の果てに子を産み、その子どもをかつての使用人夫婦にあずけ、自分は結核病棟で亡くなった。それだけのことだ。このノートに書かれているのは……。知らせてくれなくてもよかった。伯父は一人で死にゆく淋しさからこのノートを書いたにすぎない。このあとどうせよと言うのか。民子の心に生まれた焦りは怒りにも似ていた。

――淀へ行こう――

ふいに民子は思った。淀だ。淀へ行こう。そうしなければ、私の今まで生きてきた歳月の辻褄が合わない。

実の母親が生まれ、短い生涯を送った地、そして自分が生まれた地。おそらく生家の近くは長い年月を経て変容を遂げているだろう。しかし変わっていないものがあるはずだ。それは、母がみた風のいろ、雲の流れ、光のさざめき。民子は、母と同じようにそれらを自分の身に受けとめたいと願ったのである。説明のつかない、自分を産んだ母への本能といってよい母恋の思いであった。

（2）

岐阜羽島の駅を出る時は曇り空であったのが、関ヶ原を過ぎる頃には西の空が薄青く晴れてきていた。

一人旅。そんな言葉が胸をよぎる。初めてだ、一人っきりで旅をするのは……。「淀」という地名を地図で探し、交通手段と時刻を調べる。今まで旅行といえば夫の康夫に任せきりで、ただついて行くだけだったし、友人達と出かける時もたいていは機転のきく世話好きが必ずいて、その友人に任せておけばよかった。しかしこの旅は、民子一人の心の旅といってよく誰の助けも借りたくはなかった。

老眼の始まった眼で、こまかな時刻表を調べながら、日帰りですむ小さな旅になるとわかったのだが、平凡な民子の日常から見れば冒険であるともいえた。

京都に着き、奈良線に乗りかえて東福寺まで行く。そこから京阪電鉄に乗りかえると九つ目の駅が淀であった。やはりさして遠い距離ではなかったが、民子には、はるばる来たという思いがあった。

駅舎を出て民子は目を細め空を見上げた。青空がひろがり、冬とは思えぬ暖かな陽ざしだ。黒いマフラーをはずし腕にかける。スラックスにハーフコート、足元はスニーカー、大きめの黒のショルダーバッグといった軽装であったが、汗ばむほどの暖かさだ。

民子は振り向いて駅舎を眺めた。駅舎は三角形の屋根を持ち、こぢんまりとしていたが、乗降客の出入りが絶えない。屋根に覆いかぶさるように、大樹が一本枝を広げている。すっかり葉を落としていて、何の木ともしれず、しかし芽吹く頃は見事であろうと思われた。

その木の横の道を行くと、駐輪場になっていた。並べられた自転車の横を通り抜けると向こうに石垣が見えた。淀城の石垣だ。かなりの広さの駐輪場に人の姿は見えない。そのまま石垣の下へ出ると、冬ざれの広場があった。地図には公園となっていたが、枯草が目立ち荒涼としている。片隅のベンチに、黒い大きな犬を連れた老人が腰を下ろし、煙草を吸っているのが見えた。

城の由来が書かれた掲示板があり、傍らに石垣の上へつづく石段がある。登り口は、固く鉄扉《てっぴ》を閉ざしており、おそらく天守があったであろう石垣の上へ登ることはできない。

幼い郁代がかつてこの広場で遊んだことがあったのかもしれない。白々とした冬の陽ざしの中に、メリンスの花模様の着物を着た女の子の姿が浮かんで、消えた。

民子はコートのポケットから紙片をとり出した。京都府久世郡淀町池上一二四番地。メモに記した住所は、森崎昭彦の手記の最後に書かれていたもので、昭彦と郁代の生まれた所とされていた。この場所が今もなおあるとするならば行ってみたい。民子は紙片を手にしたまま、歩きだした。

ベンチの老人が立ち上がり、犬をつれてゆっくりと広場を横切ってくるのが見えた。この時、この老人に声をかけなかったら、おそらく民子は何も得るものがないまま岐阜へ帰って行くことになったかもしれない。そして淀の城跡の荒涼とした広場でこの老人に会ったことは、もしかしたら郁代のみちびきであったかもしれないと、後々民子は思うことになるのである。

遠慮がちに声をかけた民子を、驚いたように見返した老人は、近くで見ると眼鏡ごしの目がやさしく、すっかり髪も白くなっていたが、顔には若々しいどこか知的な雰囲気があった。

「この住所なんですが……」

民子のさし出した紙片に目を落とし、老人はしばらく首を傾げるようにした。

「さあ、僕もここへ越して来て日も浅いものですから」

「そうですか。もう百年近くも前のことですから、その頃の住所、そのまま残っているかどうかもわかりませんわね」

老人はどういうことかと問いかける目になった。

「実は、ここで私の母が生まれたらしいのです。母はとうに亡くなりましたけど」

「ふうむ、これには久世郡となっていますね。今、淀は京都市伏見区になっていますから、これはやはりかなり昔の住所ですねえ」

しばらく考えこむようにした老人は、

「そうだ。僕の友人でこの淀の町の歴史にくわしい人がいますから、その人にきいてみましょう。ご案内しましょうか」

そう言うと、ゆったりと立ちつくしている犬を見やった。

「こいつも年をとりましてねえ。ゆっくりとしか歩けないので、悪いけど」

「いいえ、ありがとうございます。助かりますわ」

民子は深々と頭を下げた。


駐輪場を抜けて駅舎の横を左へ曲がると、そこには車がやっとすれ違えるほどの道がまっすぐ伸び、両側に商店が建ち並んでいた。

「今はスーパーの時代ですが、こんな商店街もいいもんですねえ」

老人は言いながらゆっくりと歩いて行く。八百屋・果物屋・豆腐屋・菓子屋、洋品や雑貨を商う店までも軒をつらねていて、年の暮も近いこともあるのか、どの店にも活気があった。どこかなつかしい風景だ。

やがて、薬局の店先で足を止めると、老人は犬を電柱につなぎ中へと入っていった。

「ご主人はご在宅かな」

「あら、先生。こんにちは」

明るい声で白衣を着た民子ぐらいの年配の女性が答え、奥に向かって、あんたあ、小西《こにし》先生がおいでどすえと、大声をあげた。

「やあ、小西先生、お散歩ですかね」

薬局の主人らしい年配の男性が、これも白衣の手を挙げて出て来た。

「この人がね。ききたいことがあるというものでね。昔のことやから、僕もようわからん。ここへ来たらわかるかもしれん思ってね」

「どういうことですか」

薬局の主人は、少し奥の丸テーブルまで民子と先生を案内するとたずねた。民子は紙片を見せると、思いきっていきさつを話した。長い話になったが聞き終えて主人が言った。

「へえ、なかなか興味深い話ですな。ところでこの住所、今はなくなっていると思いますよ。ただ、池上という地名は残っていますがね」

主人は奥へひっこむと、町内の地図を持ってきて広げた。

「このあたりを池上町いいます。ひょっとしたらこのへんにあったんと違いますやろか、お母さんのお里は」

するとと地図をのぞきこんでいた小西先生が地図の一か所を指さして言った。

「お話の中に川むらという料亭の名が出てましたねえ。名前はわからんが、ほらこのあたりに大きな料理屋があったときいたことがあります」

「そうや、ここがその料亭のあったところとちがうやろか」

主人もそう言って地図をしげしげとみた。

「わたしもね。ここへは三十年ほど前に引っこして来たので、あんまり古いことはわかりません。国道ができたりしてかなりこの町も様子が変わってきとります。でもまだ昔の町筋や地名が残っとって、この淀の町は歴史を調べると興味のつきんとこがあります。そうそう、ちょっと待っとってくださいね」

そういうと主人は奥へひっこみ、一冊の本を手にもどって来た。

「歴史の好きな連中が集まって会を作り、こんなもんを発行しました。せっかく遠くからおいでになったんやから一冊プレゼントします」

『淀の歴史と文化』とタイトルのある色刷りの立派な図録であった。

「小西先生は、京都の大学の先生やったお方でね。主に、淀城の構造や歴史についてここに書いてもらいましたんや。今は石垣しか残っとらんけど、なかなかの城郭だったことがわかります。あの淀殿の城はここではなく、ほんとうはもうちょっと東北にあったらしいといわれていますが、今は跡も残っとりませんね。このへんも城域に入っとったところです」

「話しだしたらこの人、きりがありません」

女主人がお茶を運んできて、笑いながら言った。

「僕もねえ、頼まれて淀城をくわしく調べてみたんですが、なかなか興味のつきんとこがありますねえ。とうとうこの年になってここに住みついてしまいました」

小西先生は主人と顔を見合わせて楽しそうに笑った。民子も、母が短い生涯を送った地、そして自分が生まれたであろうこの町で、こうした人達に出会えたことが、温かく心に沁みてほほえんだ。

「ありがとうございました。一度これからその料理屋さんのあったところへ行ってみますわ。また、もしおわかりになったことがあればこちらへ知らせていただければうれしいのですけれど」

少し強引かと思ったが、民子はこの二人の老人とこれきりになることが惜しまれて、住所と名前を素早くメモし、主人に渡した。

「ええ、私らも興味があります。森崎家というのがこの町にあったのは確かでしょうし、その家のあと、今どうなっとるのか私らも調べてみましょう」

薬局の主人はそう言って名刺を渡してくれた。

店を出ると、寝そべっていた黒犬が民子を見上げ、ゆっくり尾を振った。店頭の女主人と、地図を見ながらまだ話しこんでいる二人の老人に軽く頭を下げ、民子は商店街を抜けた。

途中、小さな喫茶店で、サンドイッチとコーヒーの軽い昼食をとった後、京阪電鉄の踏切を越えた。

広々とした四つ角に出ると左手にバス停があり、その背後に生垣に囲まれた何本もの木の茂みが見えた。バス停のすぐ横から入り込む細い道を行くと木造のアパートらしい二階建てが見え、そこが競馬場の従業員の寮であるらしかった。

民子は足を止め、生垣ごしに中を眺めた。苔むした石を配置し大きな石燈籠も見える。常緑樹が、何本もそびえ真昼であるのに庭は別世界のような薄暗さで、やはりここにはかつて、かなり広い屋敷があったのではと思われた。

もしここが「川むら」の跡なら、自分はここで生まれた。六十五年も昔のことだ。静が生まれたばかりの赤子を抱いて、静と平吉はここから電車に乗り岐阜へ帰った。静がしっかりと赤子を抱き、傍らで平吉が赤子の顔をのぞきこむようにしている。当時は長旅であったであろう道のりを、二人はどんな思いで帰って行ったのだろうか。セピア色の古い写真のように、その情景が目に浮かんだ。そしてもし、ここが「川むら」の屋敷跡だとしたら、郁代はどこに居たのだろう。おそらく離れ座敷のような所から、三人を見送ったのではないだろうか。まだ産褥《さんじょく》にあったのかもしれない。

生垣から一歩中へ入れば、そこは一足とびに異次元の世界である。まるでタイムスリップしたように……。民子は、軽いめまいを覚えた。アパートから中年の女性が一人出てきて不審そうに民子を見て通り過ぎ、民子は、はっと我に返った。

ゆっくりと駅へもどった。民子の小さな旅が終わろうとしている。この淀という町で人々は今を生きている。しかし変わらぬものを民子は見た。空のいろ、城の石垣、白々と伸びる道筋、古い屋敷跡の木々の茂み、やわらかく降る冬の陽ざし、町並をかすめるように走る電車……それらをすべて郁代も見た。時代は流れ、昭彦と郁代の生家は幻となったがそれでもよい。民子は大きく息を吸った。

しかし、帰りの車窓にもたれ、目を閉じても、民子にはまだ、郁代の顔は見えてこなかった。

岐阜へ帰ってしばらくは、遠い見知らぬ場所を旅していた思いが長い間民子を捉えていた。あの町はもしかして今ふたたび訪れたら蜃気楼のように町ごと消え去ってしまうのではないだろうか。伯父の昭彦が残したノートもまた。それでいて胸の奥がふるえるようななつかしさで、あの町の風景がよみがえってくるのだった。

年が暮れようとしていた。ずっと頼まれていた農協のレジの仕事や、野菜の仕分けの手伝いなど民子は忙しく過ごした。学校はとうに冬休みに入っているはずなのに、なかなか帰ってこない迪子から電話があったのは、ようやく民子の仕事が一段落した、大晦日の昼過ぎだった。

「母さんごめん。今年は忙しくて帰れないわ」

その声がまた元気のないように思え、民子は強いて明るく答えた。

「そう、大変やね学校も。でも、こんなこと初めてやね。母さん一人で正月か。まあたまにはいいでしょ」

「三日過ぎには帰るわ。おせち、楽しみにしてるわよ」

そう言って電話は切れた。流産をくり返してあきらめていた頃に恵まれた娘であった。もう三十歳をこしたのにまだ独身だ。父親似のすらりとした背の高さも、大きな目もどちらかといえば目立つ容貌の、母親から見ても魅力的な娘だ。今まで正月に帰省しなかったことなど一度もない。話したいこともいっぱいあるのにと、受話器を置いて初めてさびしさがこみ上げた。

――一人ぼっち――

今まであまり考えたことのない言葉が身近に降ってきた。あの町まで一人で行き、一人で帰って来た。誰もいない町の四つ角に一人ぽつんと立って、自分はどこから来たのか、いったい何者なのかと、途方にくれた老女の姿が浮かんで消えた。まるで、一本の棒杭のようなこのさびしさはいったい何なのか、民子はテレビの音の騒々しさの中に身を置きながら考えた。ふと、このさびしさは郁代のものであったのかもしれぬと思い、迪子よりずっと若く、一人で死んだという郁代をその時、自分の娘のように愛しく思ったのである。

三日過ぎにようやく帰省した迪子は、頬のあたりがすっきりとし、肌も透きとおるように白く、つややかな髪を肩に垂らした都会的な女性になっていた。帰省するたびに垢ぬけていく娘を眩しい思いで見てきたが、今年は母の民子もはっとするような美しい女性になっていた。美しさとはうらはらに目の色にどこか生気がないのが気になった。それでも民子の用意した料理をおいしいと言って食べたが、何か無理をしているように思える。

「少し痩せたんやないの。体は大丈夫なの」

「うん、大丈夫、健康だけが取り柄です」

迪子は少しおどけた調子で答えた。


「母さん」

その夜、枕を並べて寝た布団の中から迪子が声をかけた。ゆっくりと柱時計が十二時をうった。民子も眠れずにいたのでその声に寝返りをうった。

「母さん、父さんのこと好きだった？」

「何を言うの、今頃」

「だって、ききたいの」

「そりゃあ、お見合だったけど、嫌いやなかったよ」

康夫は、農協に勤務していた。無口で真面目な性格だが、時々剽軽《ひょうきん》なことを言って笑わせる。友人も多くその明るさが民子は好きだった。いわゆる〝両もらい〟という形で静や平吉とも同居したのだが、二人にとっても申し分のない婿といえた。そのへんが少し物足りないと思ったことはあるが、急に、迪子から問いつめるように言われると、やはり愛していたのだと、胸の奥でうなずく自分がいる。

「お父さんのほかにも好きになった人っていたの」

そうきかれて民子は答えにつまった。何もなかった。異性の友人は学生時代にも独身の頃にもいた。が、それだけのことで康夫と見合いで出会って結婚し、迪子が生まれた。淡々と過ぎたこの歳月は、何ごともなかったということで、これは幸せとよべるものであったのだろうかと民子は思う。

静がリヤカーで往来した木の橋の下流に新しいコンクリートの橋が架かり、古い橋はとりこわされた。静と平吉の小さな家は、橋が架かって新しい道ができた時に立ち退き、近くに広い農地を得て家も建てなおした。その農地も今では住宅地となり、もう畑を耕すこともない。

静が亡くなり、後を追うように平吉も死んだ。昭彦と郁代の父に二人が救われたのは、淀の町の北を流れる桂川のほとりであったのだろうか。どのような事情があったのか、民子にはあかさぬまま、二人はしずかに生を終えた。それから二十年もたつのに、今でも家のそこかしこにまだ二人の気配を感ずる。

伯父の手記が事実とするならば、二人は民子にとって、まったくの赤の他人であることが明らかになったことになる。にもかかわらず今も、二人が自分の両親であってよかったと民子は思うのだ。民子は布団の中で手を合わせ呟いた。

「お母ちゃん、ごめん」

「え、何」

びっくりしたように迪子が言った。思わず声に出た言葉に民子はうろたえた。

「何でもない」

「おばあちゃんのこと、思い出したの？」

「そう、もう少し親孝行したかったのに……」

民子はそのとき郁代のことを迪子に話そうと思ったが、とうとう話せなかった。静を祖母と信じている迪子に、自分の実の母のことを告げることは、静に対して申しわけなさがあったからだった。

それきり二人の会話は途絶えてしまった。

民子は、翌日迪子が東京へもどって行って、また一人きりになった時、あの子は話があると言っていたのに、何も言わなかったことに気がついた。

その瞬間、民子の心に光が射すように浮かんだ言葉があった。

――あの子は、恋をしている――

学校の成績もよく、目立つ容姿の迪子に男の友だちは多かった。おそらくこの歳になるまで東京で何もなかったとはいえまい。しかし、これは本物だと民子が思ったのは初めてのことだった。迪子も、自分の手からとうに離れていってよい歳なのだ。子どもというより、一人の自立した女性として娘を見ていく時が来ているのだが、愛しさは母性の本能としかいいようがない。それが直感につながった。

郁代が死んだ時、自分は二歳ぐらいだった。記憶に残らなかったかもしれないが、おそらく静と平吉は民子に病いが伝染することを怖れた。そのため、ついに会うこともなく郁代は死んだ。郁代もまた相見ることのなかった娘への愛しさを深く心に秘めていたのかもしれない。

迪子が東京へもどり、また一人ぐらしとなって、それでもあわただしく十日も過ぎた頃、民子はやっと正月用の重箱や雑煮椀を片づけた。何年か経っているのに、本物の艶《つや》は静の手入れのよさもあって失われてはいない。黒い漆塗りに金の蒔絵で春の野の花が繊細に描かれた重箱は、今でも近代的な美しさをとどめる。ぬるま湯でていねいに洗い、すすぎも十分にしてやわらかな布で拭きぬく。乾いたら和紙に包み木箱に納める。同様に黒塗りのおだやかな艶を浮かべる雑煮椀も同じようにしまいこむ。いつか三段重は二段で足りるようになり、椀も二個出せばいいだけになった。年始の客も少なく、あとは気のきいた皿小鉢があれば民子の正月はそれで十分間に合った。

民子は重箱を拭きぬきながらふと手をとめた。自分が物心がついた頃からあるこれら漆器の類《たぐ》い、もしかしたら淀の郁代たちの生家から持ち出されたものの一つであったのかもしれない。主家を出る時、給金がわりに静たちが持たされたものなのかもしれない。つつましい静と平吉のくらしにはそぐわない高価なこの漆器は、こうした想像をかきたてるものであった。もしかしたら郁代も幼い頃触れたことがあったかもしれない。そう思うと漆器に急に血が通うようで、民子は椀をすっぽりと掌に包みこみ頬にあてた。

淀から帰って以来、何もかもが郁代につながっていく。一人のさびしさまでもが湧く水がせせらぎになるように、郁代に向かって流れて行く。

――お母ちゃん、ごめん――

民子は静に向かってまた呟いた。

一通の封書が届いたのは、一月も終わりに近く、暖かな日がつづいた後、急に雪《ゆき》催《もよい》となった朝であった。手にとって、ああと思わず驚きが声に出た。差し出し人が、小西良雄《よしお》となっていたからだ。淀の町で出会った老人だ。あの黒い犬はまだ元気かしらと民子は微笑した。

台所のテーブルの前で立ったまま封を切る。書きなれた万年筆で書いたらしい、青インクの大きな字が並んでいた。

――あなたの探していた住所ですが、薬局の主人、北川《きたがわ》君と二人で調べました。そこは昭和の初めに京阪電鉄の車庫予定地として買い上げられ、その後は道路が通っています（旧一号線）。現在の府道京都守口線です。したがってあなたの母上の生家跡は、もう影もかたちもないといってよいでしょう。淀の町は淀城の歴史と共にあると思われていますが、戦国時代に築かれた城以前、平安朝の頃より古い歴史を刻んでいます。くわしくは、この前北川君がお渡しした図録を見てくだされればわかることですが、お読みになりましたか。河川の改修工事で淀の地理がずい分と変わったこともおわかりになると思います。

池上町は、城内三町の一つで城下町として栄えた地区でもあり、今も地名はそのままです。当時の道筋の残っているところもありますが、母上の実家のあったあたりは河川工事の関係もあって、前にも言ったように昔の面影をとどめていないといってよいでしょう。またこちらへおいでになる事があれば、その場所へ案内してもいいかなと北川君と話しています。

さて偶然あの日、あなたにお目にかかりお話をおききして、私は深く心うたれるものがありました。実の母上をさがす旅、それはとりもなおさず、あなたという一人の女性の、アイデンティティーを求める旅のように思えたからです。そして淀の町へと導かれるようにおいでになった。こよなく淀の町を愛する者として無関心ではいられず、家に帰って家内にも話しました。すると、思いがけないことがわかったのです。

最近のことですが家内が、「もしかすると、そのお料理屋さん、川むらといったかしら。そこに私の友だちのお祖母さんがつとめていたことがあるって言っていたことがあるわ」と言ったのです。年賀状の整理をしていて思い出したらしいのです。家内の友だちは深尾好子《ふかおよしこ》さんといいますが、結婚して何と、岐阜に住んでいるというではありませんか。私は、岐阜に行ったことはありませんが、急に岐阜が近く感じられました。好子さんのお母さんという方（つまり川むらにつとめていたお祖母さんの娘さんですね）は、ずっと淀に住んでいましたが一人身になって、体も不自由になったので、娘の好子さんが引きとって、今は岐阜に住んでおられます。ご健在ならば、年かっこうがあなたの母上と同じくらいです。もしかしたら、郁代さんという方のこと好子さんのお母様がご存知かもと、家内は言っています。年賀状のやりとりが続いていたので、住所がわかります。ここに書いておきます。一度おたずねになったらいかがですか。お役に立てたら幸甚です。——

テーブルの前で立ったまま読み了《お》えた手紙の青いインクが滲んだ。窓の外は雪になっていた。民子は寒さも感じず手紙の最後に書かれた住所をじっとみつめた。岐阜市の近郊で、ここからは車で三十分もかからず行ける。胸が動悸をうっていた。あの城跡で、黒い犬をつれた老人に会ったことは夢ではなく、今はたしかな現実となっている。手紙をていねいにたたみ封筒に戻した。

しかし、この住所に住む人がはたして郁代のことを知っているかどうかは、まったくわからぬことなのである。それでも民子は、すぐにでも会いに行きたかった。

暮れに幸和苑の佐藤施設長から一度会いたいと電話があり、その時年が明けてからと答えたが、心の整理がつかぬままのびのびになっていた。幸和苑の申し出も放っておけないことなのだが、今は伯父のことより母のことが民子の心を占めている。幸和苑は後でもよい。今は、伯父だという森崎昭彦にたとえ遺影でも会いたいとは思わなかった。

その日民子は小西夫人の友人だという深尾好子さん宛に手紙を書いた。すると、しばらくして返事が届いた。その手紙には、たしかに祖母が「川むら」という料亭で仲居をしていたこと、その娘である自分の母は、現在八十五歳で足が弱りほとんど車椅子の生活であるが、まだ気はしっかりしていてあなたのお母さんの郁代さんという方をよく知っていると言っていると書かれており、そして是非あなたに会いたいと言っているのでいつでもお出かけくださいと結ばれていた。

　奇遇といってよい。一本の糸が郁代につながった。


　岐阜市の近郊、静かな田園地帯に深尾家はあった。深い木立ちに囲まれ白い塀をめぐらした落ちついた木造の住居である。格子の門を入り、玄関のベルを押す。前もって知らせてあったが、初めて訪問することの不安はあった。民子にしてみれば、去年の暮れから今までこれほど積極的に動いたことはなかった。衝動とはこういうことをいうのだろうかと民子は、ここしばらくの自分の変わりようを自分さがしという手垢のついたような言葉に置き換えてみる。小西先生が、それをアイデンティティーを求めると手紙に書いていたことがそんな大それたことではないのにと思う反面、言葉にすればそういうことかもしれぬと思う。

　しばらくして人の気配がして声がかかった。

「どうぞ」

割烹着を着た女性が人の好さそうな笑顔を向けた。

「民子さん？」

「ええ、不躾《ぶしつけ》かと思いましたが来てしまいました」

ほっとして民子が言うと、

「よくいらっしゃったわ。さあ、母が待っていますからどうぞ」

と、案内された。座敷へ通ると日当たりのよい広縁に車椅子の老女がいた。老女は民子を見ると両手をさしのべ叫ぶように言った。

「郁さん、まあ今までどこへ行っとったの。会いたかった」

老女の眼から涙がこぼれた。

「母さん、この人郁代さんやないよ。ほら、郁代さんの娘さんだっていう民子さん」

老女は、はっとしたように手を引っこめ、じっと民子をみつめた。ほんとうに自分の母が郁代であるのか、確かめようのないままここまで来てしまった不安がまたちらっと胸をかすめたが、膝をついて民子は挨拶した。

「初めてお目にかかります。森崎郁代の娘で民子と申します」

「母はちょっと足が不自由になりましてね。頭はまだしっかりしとると思うんですけど……。民子さん、もしかしてお母さん似と違いますか」

「私、母には会ったことがないので……」

「ああ、そうでしたねえ。ごめんなさい」

好子さんはそう言うと、老女に向かってゆっくり言った。

「母さん、この人郁代さんという人にそんなに似とるの？」

「ああそっくり。てっきり郁さん来てくれた思うた。娘さんの民子さんやねえ。よう来てくれはりましたなあ」

老女は涙をぬぐうとほほえんだ。若い頃はさぞ愛らしかっただろうと思わせる面影があり、笑うと目がやさしかった。

民子はいいようのないなつかしさで胸がいっぱいになった。郁代も生きていたらこのような老女になっていたのだろうか。

静は、物言いもきびきびしていて居住まいもしゃっきりとしていた。どこか育ちの良さを思わせる面差しは老いても残り、民子の子どもの頃はもう民子の祖母といっても通りそうな年齢であっただろうに、年よりずっと若く見えた。いつも朝は手早く着物を着る。高校生の頃、民子は静が着物を身につける手順の際だった運びによく見とれたものだ。今も欠かさず朝起きるとすぐ身じまいをし、薄く化粧をする。乱れを見せない民子のこの習慣は、こうした静の無言の躾であった。

静が頭痛を訴えて倒れたのは、そんな朝のことで前垂れを身につけた時だった。そのまま意識がもどらず、脳溢血という病名は今なら延命の手だてもあっただろうに、皆が見守るなか静かに息を引きとった。最期のときも乱れを見せず逝った静だったが、平吉と二人で岐阜から淀の町まで走った事情は、とうとう誰にも明かさなかった。駆け落ちとすれば当時としては、道に外れた行為であったからであろうか。

平吉の嘆きようは深く、医師は老衰といったが、まるで後を追うように一年後に平吉は亡くなった。二人とも八十歳を過ぎ、義理とはいえ、孫にも恵まれて平穏な老後であったことが民子の慰めであった。

この二人のことも、老女は知っていて語ってくれるかもしれないと、民子はひそかに思った。

老女は名前をヤエといった。ゆっくりと遠い昔を思い出して語るヤエさんは、時折涙ぐみ途中で話が切れることも多かった。

「昔のことは、年をとってもよう覚えとるもんですねえ。でもほんとじゃないことも時々まじっていて、想像したことが事実みたいになっとることもあるわねえ」

好子さんが笑いながら言うと、ヤエさんは、

「何言うとるの、みんな本当のことや。郁さんのことは忘れられへんのや」

と、表情をひきしめて言った。

「母さん、疲れたやろ。また今度来ていただいてお話ししたらいいわ」

好子さんが言ってやっと話が終わった。

短い日が暮れていた。長居をしたわびを言って、深尾家を辞した。

家の居間の床に腰を下ろし、電気を点《とも》さぬまま民子はヤエさんの長い話を一本の糸のようにつなげてみた。そこに郁代という女性の短い生涯が、立ち上がってきた。

淀という町を舞台にした一人の女性の物語は、長い歳月に埋もれていたが、ようや

く今、掘りおこされて民子の前に姿を現した。何でもないささやかな歴史であろう。しかし民子にとっては、流れる水がせき止められ大きな池になるほどの重さで、心に深くひびくものであった。そして郁代がまぎれもなく自分の実の母であることを民子ははっきりと今、受けとめたのである。

――私が母について初めて「川むら」へ行ったのは六歳の頃でした。母はその頃「川むら」の仲居をしていたのです。川むらには広い庭があって池もあり、私にとっては別天地のような場所でした。母屋から廊下がのびていて、その先に小さな部屋が庭に張り出すように建てられていました。

ある日、私はその部屋の窓によりかかっている私と同じくらいの年の女の子を見ました。女の子は私を見るとすぐ顔を引っこめましたが、またそっと顔を出しじっと私を見ました。私はこの大きな料理屋さんにそんな女の子がいるなんて知らなかったので、おそらくまじまじとみつめていたのでしょう。女の子はしばらくしてにこっと笑いました。私も笑いました。それだけでしたが、これが私と郁代さんの初めての出会いです。

　家に帰って母に言うと母は教えてくれました。

「ああ、あの子は郁代さんいうて川むらの姪ごさんや。大きな家のとうさんやったんやけど、お父はんもお母はんも亡くならはってな。伯母はんにひきとられんさったんや」

「ふうん、何やさびしそうやった」

「ちょうどあんたと同い年くらいやないか。遊び相手になれるとええなあ」

　母はそう言いました。母が川むらへ働きに出た時は、もう郁代さんは一人であの部屋にいたそうです。もう一人お兄さんという十五、六の男の子がいたそうですが、今は行方知れずだということでした。

　私はすぐ郁代さんと友だちになりました。時々、郁代さんの部屋にも上がらせてもらいました。四畳半ぐらいの狭い薄暗い部屋で、押し入れはありましたが、他には机が一つ置いてあるだけでした。大きな家のとうさんやったというのが信じられないくらいでしたが、それでも私たちは、おはじきやお手玉、ぬり絵といった、その頃の女の子がよくした遊びをしましたね。小学校もずっと一緒でした。

そうそうこんなことがありました。あれは六年生になったばかりの頃だったと思います。学校帰りに郁代さんがいつもと違う道をどんどん行くのです。孫橋という木橋を渡りました。この橋は今はコンクリートになっているけど、まだありますよ。この橋を渡って向こうまで行ったことのない私は不安でしたが、ついて行くと、もう少しで桂川の堤へ出るところまで来ました。ずい分遠くまで来たような気がしました。郁代さんは立ち止まると言いました。

「あそこが、私の家やった」

指さす方を見ると広々とした桃畑が見え、桃の花がちらほら咲く向こうに石垣があり、その上に塀をめぐらせた白壁の大きなお屋敷が見えました。後ろはこんもりした竹やぶで竹やぶの近くにお蔵の白壁が見えます。そこが郁代さんの家だったのです。私は目を丸くして郁代さんを見ました。

「お兄ちゃんがね。迎えに来てくれはったらまたここに住むんよ」

郁代さんはそう言うと私の手をとって桃畑を抜け、屋敷の裏手へとまわりこみました。大きな池が見えました。舟が一そうつながれていてしんとしています。母が時々、一人で行くんやない、狐や河童が出るさかいにと言っていた所だと思いました。

池の岸から裏門へ細い道がつづいています。ここも道の両側は、竹やぶです。風が吹いて竹の葉が鳴りました。私は思わず郁代さんの手をにぎって「帰ろ」と言いました。振り向くと裏門から二、三人の人の出入りが見えました。郁代さんは急に私の手を振りほどくと逃げるように駆けだしました。私も後を追いもと来た道を走って帰りました。今でもその時の家の様子が目をとじると浮かんで来ます。今ではもう跡形もありませんが、怖いようななつかしいような家でした。

郁代さんがあの家を見に行くことも、お兄ちゃんが迎えに来るということも、それから後はありませんでした。——

昭彦の手記にあった通りだ。郁代は六歳の時に別れた兄をずっと待っていたが、父や母と過ごした屋敷はもう見も知らぬ人達が住み、手の届かないものになってしまった。そのことが、あきらめとなり、いつか兄を待つ心にも終止符をうったのだろうか。

――郁代さんは頭がよくて、小学校を卒業するとすぐ京都の女学校に入りました。私は家が貧しかったせいもあって、母と同じ川むらへ下働きに出されました。でも郁代さんと一緒にいられることはとても嬉しかったのです。

ある日、郁代さんの部屋、その頃は前より広い部屋になっていて、箪笥《たんす》も鏡台も置かれていましたが、その部屋に掃除に行くと、郁代さんがいました。

「ヤエさん」

前と少しも変わらない笑顔で郁代さんが呼びかけてくれました。

「この箪笥ねえ、私のお母はんが使っていたんや。伯母はんがやっと返してくれたの」

そう言ってから急に真剣な顔になって、

「伯母はんなあ、私のお母はんのもんずい分持ってはりますえ。指輪かて私、見覚えがあるんよ。翡翠《ひすい》いうて緑色のきれいな石の指輪や。あれはお母はんのはめてはった指輪や」

と言います。そしていつかみんなみんな取り返したるって言いました。私は家に帰って母にそのことを言うと、母はうなずいて小さな声で話してくれました。

「ひどい話やったでえ。郁さんのふた親が急に亡くならはってから、家も土地も財産はおおかたここのおかみさんが自分のものにしはったという噂や。郁さんかて邪魔もの扱いや。でも世間体いうもんがあるさかいにな、まあうわべは何不自由ないようにさせてはるけどな」

だからか郁さんはしっかりしてはる。六つやそこらでここへ引きとられなさったから、何も知らんと思ったらちゃんとわかってはる。賢こい子や、と母はつけ加えました。日頃女あるじから冷たい扱いを受けていたらしくて母の見方は手きびしかったと思います。私も郁代さんの伯母さんは好きではありませんでした。郁代さんに対してもめったに口をきかず、郁代さんの身の回りに気を配ってはいるようでも情というものがありません。私は貧しくても両親がいてよかったなあと思ったものです。

郁代さんは女学校を卒業する頃にはそれは美しくなられ、電車で通学してみえましたが人目を惹きました。学校から帰ると、ほらまたやと言って手紙を放り出すようにして私に見せてくれました。まあ言ってみたら付け文でしょう。出した人には悪いのですが、二人で笑いながら読んだり、そのまま屑かごに入れたり、今思えば罪つくりなことでした。

女学校を出られて郁代さんは、お茶やお花、お裁縫と、ふつう良家の娘さんがするようなお稽古《けいこ》通いをされていました。今もふっと思うのですが、あの伯母さんは郁代さんをもしかしたら川むらの跡とりにと思っていたのかもしれません。そしてもしかしたら、そういうことになっていたかもしれません。そう、あの事さえなければ……

川むらは、その頃京都からの客が多く淀川でとれる川魚の料理が評判で、繁盛していました。桜の季節は特に客が多く、私も女子衆の一人として夜おそくまで働いていていました。

そんなある夜のことです。裏口へごみを捨てに行った時、宴会場から離れた郁代さんの部屋から一つの黒い影が出てくるのが目にとまりました。ほのかな灯りでしたがその影がこの家の主人であることはわかりました。ご養子さんでどこか遊び人のような感じです。ほとんどおかみさんが采配をふっていたのであまり表に出ることはない人ですが、いつも大島の対の着物に羽織ひもは金鎖といった大店《おおだな》の主人の風采はありました。

私は、はっとして木の影にかくれました。見てはならないものを見てしまったようで、このことはずっと母にも黙っていました。

あくる日、郁代さんの部屋の掃除に行った時、郁代さんは何ごともなかったような、いつもと同じ表情でしたので、私は昨夜のことは夢だったのかと思ったほどです。でもそれは違いました。

「ヤエさん」

郁代さんが、私の顔を見据えるようにして言いました。

「ヤエさん、ずっと前に何もかも伯母はんから取り返したる言うたやろ。これからそれを始めよう思うとるのよ」

何かが暗く燃えるような眼差しでした。私は、無理したらあかん、そう心で呟いたのですが、その時、郁代さんのたくらみが昨日の黒い影と重なって見えたのです。でもそれは所詮、蟷螂《とうろう》の斧《おの》とでもいうのでしょうか。私にはわかっていたのです。十九やはたちでそんな大それたことなどできるわけはありません。そのために、この店の主を誘惑し、体を張るなんてことはやめさせければ……。

「どうやって」

と私は言いました。

「見とって」

とだけ郁代さんは言いましたが、その時私は無理とわかっていても、郁代さんの力になれたらよいと真剣に思っていました。今思えば、二人とも幼かったと思います。いくら役立たずといわれても、相手は大きな料亭の主、世間の裏も表も知りつくした中年男、いいようにされても不思議はなかったのです。

数か月が過ぎて、とうとうおかみさんにその事が知れました。郁代さんに子ができたのです。父親は誰か問いつめられて、その後、騒ぎになりました。

「この嬰《やや》は、森崎の跡とりやけど、ここの家の子でもあるんや」

郁代さんはきっぱりと言ったのです。

「そんなこと、あんたに言われんでもこっちが考えることや。よくも育ててもらった恩も忘れて、こない道に外れたことを……。義理とはいえ、伯父と姪やないか」

「道に外れたことって、あんたらの事とちがいますか。いったい森崎の家をあんたらはどう始末したんや。私は何もきいてませんえ」

「何もかもあんたらのええようにと思うてしたことやないか。あんたといい、あんたの兄さんといい、後足で砂かけるような真似をして。やっぱ母親の血は争えませんな」

「お母はんの血て、何どすの」

「あんたのお母はんはな、おてかけさんの子おや。先代の囲い者やった女の娘があんたのお母はんや。あんたもここの主人の囲い者になる気なんか。ああ、そうならそうでええ。そのかわり、ここの身代は一切渡しませんえ」

　このあたりのことは、私の母が聞きこんで私に話してくれたことです。私は郁代さんがかわいそうでなりませんでした。

　たくらみは、子を産めなかった伯母さんへの面当てのようにしてここの主人の子を産み、その子に川むらを継がせ、森崎の家も、いずれは買いもどそうとしたのではないかと思い当たりました。でもそれは、海千山千のおかみさんには通用せず、主人はこそこそと、おかみさんの目を見ないように小さくなっています。民子さんのお父さんなのに、何か悪く言うみたいですけど……。

郁代さんは、頭がよいばかりでなく、一見静かに見えて中に強い一本の芯のようなものを持っていました。もし病気にさえならなければ、いろいろ難儀なことも乗りこえて思うようになさったのではないでしょうか。そんな所が、行方知れずのお兄さんという森崎家の総領息子にあれば、もっと違う方向に向いて、郁代さんもおだやかな、幸せなくらしができていたのかもしれません。

やがて郁代さんは、最初に住んでいた離れの箪笥も何もない小さな部屋で再び寝起きするようになりました。私は郁代さんの幼なじみであったせいか、郁代さんの世話をする女中として住み込みで働くようになりましたが、体《てい》のいい見張り役とされたのかもしれません。

この部屋で、民子さん、あなたが生まれたのです。その時、郁代さんの傍らにいた女の人をよく覚えています。その人は、郁代さんを抱きしめるようにして涙を流していました。年はもう四十歳ぐらいだったでしょうか。色白で、きりりとした目も眉も、どこか気品のある女の人でした。

座敷でその人が背筋をしゃきっと伸ばしておかみさんに対して座ると、かえっておかみさんの方が気圧《けお》されたように見えました。着ているものも清潔で、質素でしたが、おかみさんと見劣りはしませんでした。私はお茶を出しに行って、その人の声もききました。

「いくら何でも、森崎家のとうさんやったお方や。あんな納戸のような所でお産をさせるやなんて……。それにとうさんは、あんなに痩せ細ってみえる。食べるもんも食べとらんとちがいますか」

「何を言うんや、あんた使用人の分際で。あの子はなあ、言うてみればてなし子を産んだのどすえ。外への聞こえも悪い。この川むらののれんにも疵《きず》がつきますよってな。わても苦労したんや、それがわからんのかいな」

「とうさんをそこまでにしたのは誰です。あんたらが、どれだけ悪どいことをしたかは、わてと平吉がちゃんと見とりましたからね」

「ふん、あんたさんも大地主の娘はんやったそうやけど作男《さくおとこ》なんかと駆け落ちしてここまで流れて来たちゅうことやないか。道に外れた者同士、これから暮らしたらよろし。郁も赤子もどこぞへ連れてってとくれやす」

「わかりました。とうさんはだいぶ弱ってはる。とりあえず赤子だけでもわてらが引きとらせてもらいます。もう少し早うとうさんを引きとっておれば、こんなかわいそうな目にあわさんとすんだかもしれませんなあ」

「わてだってやるだけのことはやったんや。行方知れずの昭彦も、どこで何をしとるんやら。今頃帰って来ても、もう面倒は見ませんえ。ええか、静さん、わてらこれで森崎の家とは縁を切る」

「はあ、結構です。こんな情知らずの人らとは、こちらからも縁を切らせてもらいましょう」

そう言うと、静さんと呼ばれたその人は、すっと立ち上がり、後ろも見ず座敷を出て行かれました。

後できくと、静さんと平吉さんは夫婦で岐阜に住んでいたとのことです。以前、森崎家の使用人だったといいます。私の母は、二人のことを「忠義もん」と言っていました。民子さんの育ての親となった方たちですね。

一週間ほどして今度は、静さんは平吉さんと二人でやって来られました。平吉さんは背も高く、男らしい感じの人でしたが、やはり郁代さんを見ると涙を流しました。

「静、平やん、お願いこの子を……」

郁代さんはやっと言うと、この子の名前をタミコとつけてほしいと言いました。どうして民子としたかったかきいておけばよかったですね。私はそれでもいい名だと思いました。どれだけ自分で育てたかったか私にはよくわかりましたが、その時郁代さんはすっかり体が弱っていて、あまりお乳も出ず、子のためと思って手離されたのだと思います。

それからは、ずっと床についたきりで、気分のよい時は私に髪を梳《す》かせながら、時々、

「民子は元気に育っているやろか」

と呟かれました。

「郁さん、私が岐阜とかいう所へ行って見て来てあげまひょか」

と言ったこともありますが、とうとうそれはかないませんでした。今、岐阜に住んでいることを郁代さんが生きていたら何と言われるでしょうね。

ようやく床上げして、一年もたった頃、郁代さんは血を吐かれました。肺病でした。今なら結核はいいお薬もありますし、治る病気なのですが、その頃は不治の病でした。しばらくして平吉さんが一人で来ました。おかみさんが呼び寄せたらしいのです。

「名古屋にええ病院があるらしいわなあ。岐阜の近くやし、あんたらで面倒見れるやろ」

体のいい厄介ばらいです。平吉さんは黙って郁代さんの身の回りの物をまとめ、荷造りをしました。私は荷造りを手伝いながら涙がこぼれて仕方ありませんでした。これきり郁代さんとは今生のお別れになるかもしれない、そう思ったからです。

淀の駅まで送って行きました。川むらからは誰も来ませんでした。私と私の母、仲居さん二、三人ほどで見送りました。げっそりと頬がこけ、透き通るほど白い顔に大きな瞳だけが目立って、郁代さんは銘仙の青っぽい着物に薄手の白いショールをまといとても綺麗でした。その時見た郁代さんが最後でした。眼と眼でお別れの挨拶をしました。唇が動いてヤエさん、おおきにと言ったように見えました。

駅の近くに楝《おうち》の若木があって、薄い紫の花をつけていました。楝の木は今は大木になり、毎年六月頃には薄紫の花を枝いっぱいに咲かせます。毎年、その花を見ると、あの時の郁代さんを思い出すのです。

緑の美しい淀の町を、郁代さんは去って行き、それきりお帰りにはならなかったのです。

川むらは、戦時中も結構客足は多かったのですが、終戦の年、進駐してきたアメリカ軍に接収されて、ご一家は京都へ引っこされました。アメリカ軍が帰ったあとも、ふたたび淀へは帰ってはいらっしゃらなくて、京都の地でひっそり暮らされていたそうです。

郁代さんに対しても冷たい仕打ちの多かったおかみさんでしたが、心のどこかで、たとえ腹ちがいでも妹の子への情はあったのかもしれません。ご主人も京都で病気になり、まるで郁代さんの後を追うように亡くなられたということです。

川むらはしばらくそのままで荒れ果てていましたが、その後取りこわされました。でも庭は当時のまま残っている所もあり、私にとってはなつかしい場所です。こんな体になりましたが、死ぬまでにはもう一度行きたい、そこでまた郁代さんに会えるかも……などと思っているのです。――

老いたヤエさんの途切れ途切れの話を、心の中でつなぎ終えた時、民子にはようやく郁代の顔が見えた。

「迪子」

民子は思わず声に出した。正月にみた迪子の顔がそのまま郁代の顔に重なる。

迪子が正月に帰ってきた時、この子は恋をしているのではと直感的に思ったが、もしかしたらそれだけではないのでは……。

民子は、急いで迪子の住むマンションへ電話をかけるため、プッシュボタンを押した。

「お母さん、こんなに遅く何？」

少しくぐもった迪子の声がした。民子はほっと息をついた。

「こんどの土曜日、帰って来て」

「どうして、何かあったの？　お正月に帰ったばかりじゃない」

「どうしても話したいことがあるの。ちゃんと帰ってくるんやよ」

民子にしては厳しい声が出た。しばらく無言でいた迪子は、

「そう、じゃ一日だけ帰るわね」

そう言って電話を切った。しんとした部屋の中で、民子はしばらく首を垂れていた。自分の想像がもし事実ならば、自分は迪子にどう接するのか、その時は予想できなかった。

「去年の暮れ、話があるって電話で言っていたけど何やったの？」

迪子が帰ってくるなり民子はたずねた。

「何でもない。もう決めたことだから」

迪子が呟くように答える。それだけをきくために母さん私を呼んだの？　電話ですむことじゃないの。

「決めたって何を……」

「母さん、私もう立派な大人の女よ。母さんに相談しなくても、大切なことは自分で責任を持つ。自分のことは自分で決めるわ」

「まちがっていたらごめん。あんたねえ、子どもが出来とるのとちがうの?」

息をのむようにした迪子の目に涙が浮かんだ。

「決めたって言ったけど、そのことなの。もし本当なら、その子をどうする気?」

民子は追いうちをかけるように、厳しい口調で言った。しばらくして迪子が顔を上げた。

「ごめん母さん。そうなの。ほんとうは、母さんの電話がなければ、今日病院へ行って手術を受けようと思っていたの」

「手術するって。その子を殺すということやの。どういうことやの、話して」

「私、同僚の先生で好きな人がいるの。この春には結婚したいと思っているわ。彼もそう言ってくれている。でも、その人子どもがいるのよ」

「再婚ということ?」

「そう、奥さんが亡くなられて五年になるわ。子どもさんはね、中学二年生の女の子。もうすぐ三年生になる。とっても感じやすい年頃よね。私がその人と結婚して自分の子が生まれたら、私、彼の子どもを愛せないかもしれない。そう思うと怖くてやはり産むのをやめようと思ったの」

「産みなさい」

民子は叫ぶように言った。自分でも思いがけない言葉だった。

郁代は逆境にあっても自分を産んでくれた。もしかしたら命がけで……。だからこうして今生きている。郁代の血が自分にも、そして迪子にも、そして迪子に宿った小さな命にもつながって脈打っている。どうしてそれを絶つことができようか。

「母さん、反対しないの？　私がその人と結婚すること」

「本当に心からその人が好きなら大丈夫。その女の子も、あなたの子も同じように可愛がることができるわ。愛情ってそういうものでしょう。母さん、反対はしないよ。あなたの人生、あなたの思うように生きていいと思っとるの。もし、育てられないというのなら、私が育てる。産みなさい」

迪子が顔を覆い、静かに泣きはじめた。

「母さんもね、あなたに話したいことがあるんやよ。母さんのほんとうのお母さんが誰かわかったの」

言いさして民子は黙った。静おばあちゃんも、平吉じいちゃんも、私を育ててくれた大切な人、母さんを産んでくれた人も大切な人、その人達に母さんはありがとうと言いたい。いい、産むのよ。迪子。

民子は迪子を見守った。静かな時が流れた。涙をふくと、迪子が顔を上げた。

「ごめんなさい、母さん」

そう言って、ああ母さんの電話がなければこの子は今ここにいなかったのだわと呟いた。大変なことをしようとしたんだわ、私は……そう言ってまたひとしきり泣いた。

「今度ゆっくり帰って来た時、母さん、あなたにどうしても聞いてほしいことを話すわね。春休みには結婚式やね。忙しなるわ」

民子は明るく言った。迪子は涙をふくとうなずいた。民子はそんな娘を抱きしめたかったが、それは郁代を抱きしめたい思いと同じであった。郁代は自分の母ではあるが、まだ二十三歳の美しい娘。いつまでも年をとらない。あの淀の町で今も生きている。ヤエさんも幼い頃見たという、郁代の生まれた家の桃畑、花の咲く頃に行ってみたい。小西先生の言うように、今は車の行き交う道路であっても、民子の心にその風景はある。

淀の駅の傍らにあった大木は楝《おうち》の木に違いない。そうだとしたらその頃、かすむような薄紫の花で梢が満ちているはずだ。

今度、幸和苑へ行ったら、郁代も眠っているという墓の場所をきかなければ。その場所へは迪子と行きたい。迪子よりずっと若いほんとうの祖母の話をその場で話してきかせようと、民子は思った。

翌朝、迪子は明るい表情になって東京へもどって行った。

一人になって、ここ一か月ほどの自分の行動の思いがけなさを振り返った時、民子の心にひたひたと温かな思いが湧いた。迪子が子を抱く姿が、郁代が赤子の自分を抱く姿と重なった。

民子は、小西先生にお礼とそして報告をしなければと、便箋をひろげた。窓の外に風花《かざはな》が舞い、地面に吸い込まれるようにもう溶けていく。

愛別離苦、ふと昭彦の手記に刻まれた言葉が浮かぶ。風花は思い出したようにどこからともなく白く舞い、風に流れる。その言葉もまた、風花にまじり風に流れていくようだ。

愛する者との別れはたしかに苦しくつらい。しかし心深く愛する者達がいたという喜びは、それにまして大きい。

伯父が思っていたような哀れな人生を、郁代は決して送ったのではなかった。風花のように、光を受けながら流れ去る淡い生命であったかもしれぬが、郁代はその生涯を凛として生きた。今はそう思える。

初めて民子は郁代によびかけた。

――お母さん、あなたの娘でよかった――

こんなことも、小西先生に書いてみようかと、民子は思った。

（了）

冬《ふゆ》構《がまえ》

——そりゃあ、あんた、世間なんてそんなもんよ——

耳許で女の大きな声がしたので、鈴江《すずえ》はおどろいて立ち止まった。スクランブル交差点のちょうど真ん中あたり、秋の空気が澄んで街中なのに日ざしは透き通っている。そのせいか、その声までがよく透《とお》って鈴江の耳をうった。鈴江のすぐ傍らを、黒いスーツをぴったりと身につけた小肥りの中年女が通り過ぎて行く。携帯電話を耳に当て、大きな黒皮のショルダーバッグを肩にかけて足早に鈴江の近くを通り抜ける。行き交う人をすいすいと避けながら、うん、うんと電話に相づちを打っている。携帯電話に答える女の声だったのかと苦笑いして鈴江も足早に交差点を通り抜けた。

点滅信号に変わってから歩道に着いて、鈴江はまだ携帯電話を耳に当てたまま遠ざかっていく女の後ろ姿を見送った。女の耳に当てた電話のむこうに、世間の冷たさを愚痴る人物がいて、それは友人なのかもしれずきっと女性であろうと鈴江は勝手に想像した。おそらく深刻であろう話を歩きながら、しかも雑踏の中で聞いて答えることのできる携帯電話という機器は、鈴江にはなじめないものの一つである。

交差点を渡れば、アーケードの下へと道は続く。かつては賑やかだった商店街もところどころシャッターを閉ざし、ウィークデーのせいもあるかもしれないが人出も少ない。若い頃、よく遊びに来てその頃のにぎわいを知っているだけに、閑散といってよいこの街の通りは、無残なものとして鈴江の目に映る。

歩きながらちらっと横目でショーウインドウを見る。ねずみ色のスラックスにぺたんこの靴をはき、着古した焦げ茶のブレザーを羽織った初老の女が、少し背をかがめるようにして歩く姿が映る。鈴江自身の姿である。靴屋のショーウインドウだった。通り過ぎて鈴江の脳裡に先ほどの携帯電話を耳に当てた女の姿が浮かんだ。女はハイヒールをはいていた。靴音が耳に残っている。昔は私もあのようにハイヒールの靴音も高く歩いたっけ……。鈴江は立ち止まった。後もどりしてショーウインドウの中をながめた。そしてよく磨かれた硝子のドアを押すと店の中に入った。客は誰もいない。まっすぐに奥のショーケースへと向かった。

「いらっしゃいませ。どのようなものをお探しでしょう」

店主らしい年配の男がやわらかな声をかける。

「そうね。ちょっとそれを見せてちょうだい」

ショーウインドウにあった靴とよく似たデザインの、黒革のシンプルなパンプスを鈴江は指さした。取り出された靴はサイズも鈴江の足に合う。踵のすり減った靴を脱いではいてみる。店主の目がちらりと鈴江の古びた靴に走った。

「お客様でしたら、それくらいのヒールの高さがよいかと……」

踵の高さは五センチほどで、ハイヒールとはいえないが、はいて鏡に映すと自然に背筋が伸びて、足許がすっきりして見える。靴一足で、着古したスラックスも洒落て見え、その飾りもなにもないシンプルな黒のパンプスが鈴江は気に入った。

とりたてて人の目を惹く容貌でもなく、地味で控え目な鈴江も、若い頃は脚の線が綺麗とよく言われた。長くすらりとした脚は足首のところが引きしまり、ふくら脛もまっすぐで、踵の高いパンプスがよく似合った。少し伏目がちに目的の場所までまっすぐ歩いていく、その時の脚の運びが美しいとも言われた。

　そんな若い頃の自分をふと鏡の中にみつけたくなって、スラックスの裾を膝のあたりまでたくし上げてみる。年をとって歩き方に緊張感がなくなっていたせいか、ふくら脛がこころもち湾曲して太くなっているのを、鈴江は今初めて少し悲しい思いで見た。それでも脚の線がおきれいですね、よくお似合いですという店主の声を、半ばお世辞と思いながらも心が決まった。さりげなく値札を見る。二万円とある。今朝出かける時、三万円を財布に入れた。予定の買い物をして、残りは夫婦二人の当分の食費になるかと、銀行からひき出したばかりだった。

「いいわ。これ頂くわ」

「はい、ありがとうございます。ちょうど二万円になります。ほんとうによくお似合いでした。しっかりしていますから、永くはいていただけます」

　店主は靴を薄紙に包み、大切そうに箱に納めながら言った。

　二万円もする靴など今まで買ったことはない。紙袋が東京は銀座の、有名なＹという店のものであることに初めて気づき、店主の声に送られて店を出た途端、夢からさめた気分になった。どうしてこんな高価な靴を買ってしまったのか、きっとあの女の声のせいだわと鈴江は思った。世間と言った部分を人生に置き換えれば、今の鈴江の気分にぴったりくる。――人生なんてそんなもんよ――。

結婚し、子どもを育て上げ、今は、夫のために食事を作りつづける毎日、こうして自分の人生は終わるのだろうか。ショーウインドウに映った自分の姿に、どこか反発するものがある。まだまだ捨てたものじゃない、これからだって私の人生を生きていけると、どこか高揚した別の自分が、靴を買ったのだ。鈴江は、若い頃の脚の運びになって、新しい靴の入った紙袋とバッグを腕にかけ、めあての百貨店に向かった。

「おい、栗きんとんが出ているぞ」

夫の唯夫《ただお》が言ったのは今朝のことだ。

「へえー。もうそんな季節になったのね」

水仕事を終えた手を拭きながら、鈴江は縁側にいる唯夫の近くに腰を下ろした。唯夫が足をのせているのが百貨店のチラシで、それに彩《いろど》りよく地下の食料品売場の食品が印刷されている。鈴江は眉をひそめた。たとえ印刷されたものであっても、食べ物の写真の上に平気で足をのせている唯夫の神経が、鈴江にはわからない。それを口に出せば、どうしてだい、紙なんだから別に何だっていいじゃないかと言われそうで、鈴江は口をつぐむ。

「一箱十こ入りで二千円か。高いな。でもこの季節しか出ないからなあ。この店のはうまいよな」

栗を使った菓子、特に栗きんとんで有名な老舗《しにせ》がこの時季だけ百貨店に店を出す。チラシの片すみに栗きんとんがこぢんまりと十こ納められた箱が写真になっている。ちょうどその写真の上にどっかりとのせていた足をどけると、もう片方の足の爪を切りながら唯夫はつづけた。

「おい、今日行って買って来てくれんか。二箱買って、一つは姉さんのところへ届けてやってくれ」

姉貴の好物だからなと言い、それきり爪を切るのに熱中している唯夫を横目に鈴江は時計を見た。まだ九時だから、これから身仕度をして出かければ、遅めの昼食までには帰ってこられる。午後は編物を教えている友人たちが来る。

「姉さんお元気かしら。ここのところずっと顔を出してないけど……。ちょうどいいわ。お菓子を届けがてら様子を見てくるわ」

「そうしてくれ。何ぶんもう姉さんも八十過ぎたからな。ひとり暮らしでもまだ頭はしっかりしているから大丈夫とは思うけど」

チラシの上の爪をパッと庭先へ捨てると、唯夫はのびをしてソファーにもどり新聞を広げた。

鏡台の前で化粧をしながら、鈴江は爪くらいちゃんと紙につつんで捨ててよと言いたくなるのをまた抑える。若い頃はそうした唯夫のふるまいを、細かいことに気を使わないむしろ男らしいものと思っていたが、今では無神経な粗野なものとしか思えない。四十年以上も夫婦であれば、お互い美点と思っていた所も裏を返せば時には嫌悪感を誘うものであることを、身に沁み感じてはいた。ひとつひとつが別れる原因となるほどのものでもなく、いわば平穏無事にずるずると年を重ねた。世の中の夫婦なんてほとんどそんなものだろうと、二人とも六十の坂をとうに過ぎた今となっては、じっとぬるま湯に浸ったような日々をしごく当たり前にすごしている。

　そんな日々の中でたまさかの外出はやはり心浮きたつものがあり、久しぶりに時間があれば洋服売場ものぞいてみようかと、外出着の流行おくれを少し気にしながらも出かけてきたのだった。

　百貨店の入口からすぐエスカレーターが地下へ続いている。下へ降りていくにつれて人のざわめきや食品の匂いが体をつつみ、まったく地上とは次元の違う世界へ降りていくようだ。エスカレーターを降り、めあての菓子売場へ行く。昼すぎには売り切れになってしまうこともあるが、開店して間もないこともあって、まだ山積みされている栗きんとんの小さな箱を二箱つつんでもらう。その足で惣菜売場へ行く。

　煮豆や、青菜の煮びたし、焼き魚までが、家で作ればそんなに高価なものでもないのにびっくりするような値がついて、ケースの中で山盛りになっている。その中に京風の弁当があるのが目についた。品よく京野菜を主としたお菜がつめられ、紅葉をかたどった生麸《なまふ》が彩りよく置かれ、扇面に抜いた御飯も少なめだ。その割に値が張ったが、夫と二人の昼食は、今日はこれにしようと鈴江は決めた。

外食を嫌う唯夫は、退職してから三度三度きちんと鈴江の手料理で食事をする。時には手抜きもしたいし家へ帰ったら簡単にお茶だけ淹《い》れてと、鈴江は財布の中をのぞいた。予定外の靴を買い、菓子を買って財布の中はさびしくなっている。それでも家へ帰ってあわただしく昼食の準備をするよりはと、その弁当を二人分つつんでもらった。売り場を去りかけて、そうだ姉さんの分もと思いつき、店員に声をかけようとして思いとどまった。私はお茶漬けでもいいのだわと鈴江はひとりうなずいてエスカレーターへと向かった。

サラリーマンだった唯夫の年金と、専業主婦だった自分のわずかな年金を合わせて三十万円そこそこで一か月暮らしているが、これからのことを思えば貯金もせねばならない。編物の腕を見込まれて若い頃は内職もしたが、今はその根気もない。教えてほしいという友人や近所の主婦を相手にした編物教室をひらいているが、月謝といっても高が知れている。唯夫の退職金も、娘二人を嫁がせた後はそれほど残っていない。少しは始末をしなければと、もう長い間鈴江は自分の服も買いびかえている。思いもかけず高価な靴を買ってしまったときめきに似た思いは、一つにはまだ自分の心の奥底にある女性の部分がふいに目覚めたせいなのかもしれないと、百貨店を出た途端紙袋に目をやって生まれた後悔を、鈴江は振り切った。

駐車場から車を出して時計を見ると十一時、唯夫の姉、菊乃《きくの》の家までは二十分もあれば行ける。郊外に向けて車を走らせながら鈴江は少し気が重い。ここしばらく気にはなっていたが電話もかけていない。ちいさな一軒家に一人で暮らしている菊乃は、唯夫とは十二歳も年が離れているのでもう八十歳に近い。時折思い出す、心の中の小さなしこりのようなものがあって、それは随分と長い間鈴江の菊乃への遠慮になっていた。敬遠という言葉のほうが近い気がするが、できることならあまりすすんで会いたくない相手ではあった。

——どうしてあんな女と結婚するのよ。

——俺が気に入ってるんだからいいだろ。

——あんたにはね、もっと綺麗なそれにもっときちんとしたお家の娘さんをと思っていたのよ。

――人間は顔じゃないよ。俺はあいつの気性に惚れたんだからそんなこと言うなよ。あいつならきっと姉さんのためにもなると思うよ。

――ためになるって何？　見くびらないでちょうだい。

今もきれぎれに、四十年も経ったのに唯夫と菊乃の会話が思いおこされる。

唯夫の実家へ連れていかれた日のことだ。その頃は唯夫の両親が健在で、二人とも温かく迎えてくれた。こまごまとした手料理がテーブルの上に並び、母親は笑顔を絶やさず、父親も機嫌よく唯夫を相手に盃を重ねた。

大学時代につきあい始めて二年、卒業をひかえて結婚を考えていた。唯夫の両親にひき合わされた緊張が、ゆるやかに解けていく中で、一度も顔を見せない唯夫の姉のことが気になっていた。四十歳に近い年かと思えるが、まだ嫁がずにいる。その姉のことを唯夫が姉さんが姉さんがと、時折話題にするのを聞いていたが、顔を合わせたことは一度もなかった。

「俺が生まれたの何しろ戦時中だったからな。父親は俺が生まれてすぐ戦争に狩りだされて征ったきり、母親が家政婦をしていたから赤んぼの俺の面倒は、まだ女学生だった姉貴がよく見てくれたらしい。年が離れているのは、姉貴は再婚だった母親の連れ子だったたからだよ。何しろおしめまで替えてもらっていたから頭が上がらないよ」

「写真でしか見ていないけど、お姉様はきれいなかたなのね。どうして結婚されないのかしら」

「それは……、俺にも責任があるかもしれない」

責任って、と問い返そうとして鈴江はやめた。唯夫がふと暗い目をして横を向いたからだ。そんな唯夫といつかかわした会話も、その日、一度も顔を見せない菊乃へのわだかまりとなっていた。

その夜おそく送っていくという唯夫と門の外へ出た時だ。唯夫が急に勝手口の方へ引き返した。あかりが灯り台所に人の気配がしていた。唯夫の後を追って何気なく勝手口に近づいた鈴江の耳に押しころしたような女の声が聞こえた。母親の声ではなかった。それが初めてきいた菊乃の声だった。

あんな女という声に、強く反発もしない唯夫に怒りに似た思いを抱いた。姉さんのため？　何のことか鈴江にはわからなかった。そのためにだけ私を選んだのか、鈴江は混乱した。しかし何ごともなかったように唯夫はもどってくると、門の外へ逃げるように出ていた鈴江の肩を抱いた。二人とも若かったあの夜、唯夫の腕のあたたかさが、鈴江の不安を打ち消していた。しかしあの夜の菊乃の言葉の破片は、抜き忘れて時々痛む刺のようにずっと鈴江の心に残る。

二人が結婚してからは、菊乃と会う機会が多くなった。菊乃は不意打ちのように二人のアパートへたずねて来ては、品定めをするように部屋の調度を眺め、それと同じ眼差しで鈴江を見る。鈴江は夫の姉として応対には心をこめた。やがて菊乃の眼差しにやさしさが見られ、鈴江のお茶の淹れ方や、夕食を共にすると味つけなどをほめるようになった。

鈴江を見る目に温かさがこめられるようになって五年め、菊乃は結婚した。四十五歳にもなると、縁談といっても後添えの話ばかりで、そのうちの一人を選んだのだがあっ気ないほど早く話がまとまった。相手は妻を亡くして一年経ったばかりという六十歳を過ぎた男で、身の回りの不便さに世話をしてくれる相手を求めたのだとしか鈴江たちには思えなかった。かなりの資産家で、家も広い敷地に建てられた立派なものであった。今更、恋とか愛とかでもないわよと、菊乃は言い、難色を示した唯夫も承知したのだが、もう成人した息子が一人いることも気にかかった。両親は四十五歳にもなった娘を不憫と思いながら、これからのことを思えばそうした相手でも身を固めてくれれば安心と、一も二もなく、ささやかな華燭《かしょく》の典《てん》をあげさせた。

安心したように父親が亡くなった。戦地で受けた胸の傷をかかえ、復員してからも病弱だったのだが、心臓麻痺で急な最期だった。葬儀の時、菊乃は急に老い込んだ母親の傍を離れず、喪主の唯夫を指図して気丈にふるまった。背の高いやせぎすの体にしっくりとなじんだ喪服が、少し険のある大きな目の色白の容貌をひきたてていた。参列した菊乃のつれあいはこれはどちらかといえば貧相な男であったが、新しい妻を大切に思っているらしく、いつも菊乃の姿を目で追っていた。

一人になった母親と同居するために鈴江たちは、アパートをひき払って唯夫の実家へ越した。年を経てあちこち傷んだ家を修理するよりはと、取りこわして新築したのだが、その時、菊乃からは相当な額の援助があった。そのことも特に母親が亡くなったあとは、負い目になっていたのだ。

市街をはずれて、ところどころ田畑の残る郊外に出た。鈴江はゆっくりと車を走らせる。やがて山茶花《さざんか》の生け垣に囲まれた菊乃の家の前に着いた。車を門の先へ止め玄関のベルを押す。

菊乃がつれあいを亡くし、それをきっかけに息子夫婦が同居を申し出て、しばらくは一緒に住んだのだが、血のつながらない者同士の気づかいがかえって目に見えないほころびを広げた。義理の息子の妻子の、菊乃への情のこもらぬ接し方が、何ひとつ不満を抱かせぬようにうわべにはみえても、自尊心の強い菊乃にはこたえたらしい。遺産としてひき継いだ土地の一部をアパート経営に充て、残り七十坪ほどの土地へ平屋の家を建て婚家を出た。傍目には何不自のない老後で、菊乃は趣味の書道や茶道に楽しみをみつけている。八十歳になっても以前のきりっとした身のこなしで友人も多く鈴江にとっては眩しい老後の暮らしぶりなのだ。

いつもはベルを押すと、すぐに中に居る者の気配が玄関先に伝わるのだが、今日はしんとしている。近ごろあまり出歩かないのよといつか言っていたから家に居るとばかり思いこみ、電話もかけず訪れたことを鈴江は後悔した。

玄関脇の枝折戸《しおりど》に手をかけると、まるで人を招き入れるように開く。鈴江は不用心だわと独りごち南の庭へ回ってみた。縁側の硝子戸に日が当たり、籐椅子に腰をかけた菊乃の姿が見えた。鈴江は硝子戸を軽くノックした。菊乃はうつらうつらしていたらしく、はっとしたように体を起こし鈴江をみると、硝子戸ごしに微笑した。

「ごめんなさい、急に来て。お変わりありません？」

「あ、そこ開けて入ってちょうだい」

菊乃は言うと立ち上がって座敷の中へ入っていく。沓脱石《くつぬぎいし》に靴を揃え、鈴江もつづいて座敷に上がった。炉が切られた座敷はしんとして、床の間におそらく今朝切って差したばかりと思える山茶花が一輪、紅色を際立たせながら、それでも目立たぬたたずまいで備前の壺に活けられている。老女の一人ぐらしが、清らかな空気の中で営まれているのを鈴江はいつも唯夫に話すとき、見ならいたいわとこれは本心で言う。

しばらくしてポットを支えるようにしてもどって来た菊乃は、盆点前《ぼんてまえ》の準備を手際よく整えた。

「もうすぐ炉開きなのだけど、今日はこれで失礼するわ」

「あの栗きんとんが、今日初めて出てましたのでお持ちしました。お姉さんお好きでしょう」

「あら、もうそんな季節なのね。ありがとう、唯夫も覚えていてくれたのかしら。私が好きだってこと」

お持たせで悪いけど一服どうぞと、栗きんとんの包みを開け懐紙に黒文字を添えてすすめられた。

「時間があまりありませんの。今日は午後編物の生徒が来るものですから、昼には帰らないと」

じゃ急いで一服だけでもと菊乃は茶筅を動かした。そのとき、スラックスにブラウス、カーディガンといった普段着の菊乃の左腕に白い包帯が巻かれているのが見えた。

「あ、お怪我なさったの」

「ええ、ちょっとね、もう大丈夫よ」

菊乃はそれ以上の詮索は許さぬといった口調で言い切って、美しく点てたお茶を鈴江の前に置いた。

早々に菊江の家を出た。ようやく打ちとけてきていたとはいえやはり鈴江にとってこの義理の姉と会うのは気が重い。それは完璧というものに対して身を処する時の無意識の身構えが、心の疲れとなるためともいえる。

玄関の門柱を出て、車のドアに手をかけたとき、隣家の主婦に出会った。義姉を時々訪れている間に顔見知りになっていた。会釈をすると主婦は小走りに鈴江のところへ寄ってくると声をひそめて話しかけた。悪い人ではなさそうだが、親切も度をこすと迷惑になると人に思わせるタイプだ。

「お姉様大変だったですねえ。もうよくなられたようですけど」

「えっ大変って、何かあったのですか」

「あら、ご存知なかったの。まあ」

主婦はしげしげと鈴江を見た。よくまあ年寄りを一人にしておいてこんなことも知らないなんてと言いたげな眼のいろに、鈴江は、

「ごめんなさい。何かお世話をおかけしたみたいで……。何があったのかしら」

と言いながら、菊乃の腕に包帯らしいものが巻かれていたのを思い出した。

「火傷《やけど》なさったのよ、ほらガスこんろの火が服に燃えうつって。ちょうど私が里から送ってきたりんごをお裾分けしようと思って、おたずねしたところだったの」

主婦は少し息をはずませるようにして言った。

「勝手口を開けると、きな臭い臭いがしてぼんやり菊乃さんが立ってらしたの。左手のブラウスの袖が焦げて垂れ下がっていたわ。火は消えていたのだけど、ひじの所までみるみる水ぶくれになってね。私、ほんとにびっくりしたわ。よく全身に火が回らなかったと思って。とっさに水をかけられたので大事にならなかったのね。お年をとってらしても、しっかりしてみえたから。私がどうしたのよと声をかけても、しばらく立ったまま、ぼうっとしてらした。ショックだったのよね」

「まあ、そんなことがあったのですね。姉は何も言ってきませんでしたので、私ども知らずにいて申し訳ありません」

「すぐお医者さんにお連れして手当てをしていただいたの。あら、別に恩をきせるつもりじゃないのよ。当たり前のことでしょ。一人ぐらしのお年寄には、お互い声をかけ合って気をつけましょうって町内でも話し合っているのよ」

主婦はまだ話したそうだったが、鈴江は思いついて紙袋から一箱残った栗きんとんの包みを取り出すと、しきりに辞退する主婦に渡した。

「これからも、何かあったらよろしくお願いしますわ。もしもの時はこちらへ電話していただけないかしら」

鈴江は、手帳に電話番号をメモすると、それを破いて主婦に渡し、もう少し早くこうしておくべきだったと悔いた。引き返して菊乃に見舞いの言葉をかけようと思ったが、おそらく菊乃は鈴江たちに、自分の失態を知られたくないのではと思いなおして、鈴江はそのまま、車を走らせた。


「姉さんどうだった。変わりなかったか」

家に入るなり唯夫が言う。そんなに気になるのならあなた時々行って見てきなさいよ。そうすればこんなことにならなかったかもしれないのにと、鈴江はつい口に出したくなった。

「それが、大変だったのよ」

「えっ、何がだい」

「お姉さん腕に大火傷なさったんですって。ガスこんろの火が服の袖に燃えうつって」

「ああ、着衣着火てやつだな。それで……」

「大丈夫よ。すぐご自分で消されたし、ご近所の方がお医者様に連れて行ってくださって手当てしていただいたから」

安堵したように唯夫は、ほっと息を吐き、そして言った。

「また、火傷したのか」

買ってきた弁当を取り出したり、茶碗を並べたり、おそい昼食の準備に紛れてはいたが、鈴江は、呟くように言った唯夫の、またという言葉がひっかかった。

「またって、前にも火傷なさったことがあるの」

それには答えず黙って弁当を食べ終えると、湯呑みを持ったまま唯夫は書斎へ入っていってしまった。栗きんとん、お世話になった奥さんに差し上げちゃってないのよと言いかけて、そんな事などすっかり忘れてしまっているらしい唯夫の様子が、いつもと違ってきびしいものに思え、鈴江は黙った。

昼すぎ、編物をしながら友人達とひとしきり、いわゆる着衣着火の話題で盛り上がった。ひとごとではないと言う者や、電磁調理器が老人にはよいというので買い替えたわと言う者もいて、菊乃の事件は、老後の安全なくらし方ということで、波紋を投げかけたのだった。

「おい、まだ寝つけないのか」

隣の寝床から唯夫が声をかけた。鈴江は今日の出来事があって初めて、菊乃の八十という年齢と、一人で暮らしているという事実が心に重くのしかかり目がさえていた。隣家の主婦が、その時の菊乃の様子をぼうっとしてらしたと言ったことも気になっていた。八十歳という年齢をまわりにあまり意識させないほど、菊乃は身じまいも言動もしっかりしていたので、あまり気にかけなくても大丈夫かという心の油断をふいにつかれたようで、鈴江はこれから先、菊乃の老いに自分たちがどう向き合っていったらよいのか考えていた。いつもは寝つきのよい唯夫が、何度も寝返りをうつのが鈴江には、唯夫もまた自分と同じことを考えているせいかと思えた。

しばらくして唯夫が言った。

「あのなあ、最近考えていたのだけど、姉さんをこの家に引きとらないか」

そこまでは考えていなかった。とりあえず、ガスを電磁調理器に替えることをすすめてみようと、まだ菊乃が一人ぐらしを続けることしか考えていなかった鈴江は、現実をつきつけられたようでしばらく無言でいると、唯夫がつづけた。

「お前はいやか」

「そうね。今日のようなことがあると、いつまでもお一人ではと思うわ。でもお姉さん承知なさらないわよ」

「そうだな。一度明日にでも見舞いがてら行って姉さんに話してみるか」

もしかしたら菊乃と同居することになるのかもしれない。正直今のところは気楽な二人のくらしが中断されることにはためらいがある。やっと義母を送り子ども達も独立してようやく鈴江自身の人生が始まったばかりだというのに、気のおける義理の姉との同居は、将来、老老介護ということにもなりかねず、どちらにしても、気が重い。それだけの覚悟はあるのかと言おうとしたが、もう唯夫は安心したように軽い寝息をたてていた。遠い日に、唯夫が菊乃に言った、きっと姉さんのためにもなるという言葉が今、形になろうとしているのかと、あの時の唯夫への怒りにも似た気持ちがよみがえった。しかし、唯夫に背を向けて目を閉じると、薄暗い寝所で火傷の傷みを抱えて一人背を丸めるようにして眠っている菊乃の姿が眼裏《まなうら》に浮かんで、しばらく鈴江は寝つかれなかった。

翌朝、食事をすませると、いつもは出不精の唯夫が声をかけた。

「久しぶりだ、一緒に出かけようか」

「お姉さんの所へ行かれるのでしょう」

「うん、お前も一緒に行ってくれ」

朝からよく晴れて、澄んだ日ざしが庭の木々の葉を一枚一枚きらめかせている。空気は冷えて、ぴんとした秋の気配である。鈴江は行くと決めてから、昨日買ったばかりのあの靴をはいて行こうと思った。あの靴にいつものスラックスにブレザーは似合わない。久しぶりに気に入っているチャコールグレイのスーツにしよう。バッグも黒いものにして、ブラウスは朱色のゆったりと胸元にボウを結んだものにしてと、鈴江は急に浮き立つ自分におどろいた。菊乃の家へ、それもおそらくこれからの菊乃の身の振り方といった重い話題になりそうだというのに。

「うん、なかなか綺麗だよ」

めずらしく唯夫が少し眩しそうに、支度のできた鈴江に言う。最近髪を染めることもせず、短めにカットして耳をすっきりと出したヘアスタイルにしたのが、スーツによく似合っていると、鈴江は自分でも思った。唯夫と出かけることになって、心のどこかに菊乃と張り合おうとしている気持ちが動いたのでは……鈴江は大いそぎでそんな思いを打ち消した。

若い時に美しいといわれた人が無残ともいえる老醜をさらすこともあるし、年を重ねるほど美しくなる人もいる。できることなら美しく年を重ねたい、そんな願いの心の奥に、菊乃への嫉妬があることに鈴江は気づいている。

唯夫が車を走らせる。襟元に紺色のスカーフを巻きグレイのカッターシャツを着ている。焦げ茶のブレザーがよく似合って、横顔が久し振りに若い頃の精悍さをにじませていた。大学時代はラグビー部にいて、女子学生の人気の的だった。いつも唯夫から遠くにいて地味で目立たなかった鈴江を、彼は選んだ。こうして二人で外出すると、日頃の馴れきった緊張感のない夫婦も、新鮮な気持ちになれる。年をとると夫婦で出かけることを煩わしいという女性も多いが、鈴江はこうした機会に若かった頃の情熱を思いおこすのもよいのではと思った。

「奥さん、ちょっと散歩でもしていきますか」

急に唯夫が冗談めかして言った。城のある山の裾に広がる公園にさしかかった時だ。返事もきかず唯夫は駐車場に車を入れた。

「城まで行ってみるか」

唯夫はロープウエイの乗り場に向かった。公園は桜落葉が美しい。風が時折枯葉を運んでくる。唯夫は時々立ちどまって鈴江の歩調に合わせる。

「いいな。こうしてゆっくり二人で歩くの何年ぶりだろう」

「いつだって出かけられるのよ。今のうちかもしれないけれど」

鈴江は言ってすぐ後悔した。唯夫は黙ってロープウエイの切符を買いに行った。

山頂へは、五分もたたず着く。そこから城までは百メートルほど歩かなければならない。山道はなだらかな坂であったが、鈴江はすぐに新しい靴をはいて来たことを後悔した。唯夫はそれを察したように途中にある見晴らし台のベンチの前で立ちどまった。ベンチに腰をおろすと柵の結われた向こうに広々と市街が眺望できる。かっきりと建物のひとつひとつがかなり遠くまで続いているのが見え、南北を分断して紺色の川が流れている。

「もう五十年以上もたったのだなあ。あの頃は焼野原だった。空襲のこと君は知っているかい。昭和二十年七月九日の夜だ」

鈴江はうなずいた。疎開していた母親の実家があった村から、あかあかと燃え上がる炎のいろを見た。火の粉がこの近くまで飛んでくるのかと大人たちに混じり震えながら眺めたあの空襲の夜のことは、その頃六歳であった幼い脳裡に刻まれたままだ。

「七月だったわね。私はほら、ずっと離れた村に疎開していたから、その日の火の色しか覚えていないけど」

「その火の下に俺たちはいたのさ」

唯夫がぽつりと言った。

唯夫と菊乃は、その晩二人だけで家にいた。母親は家政婦として病院の付添いの仕事が入り、その夜は家にいなかった。空襲は、不意打ちのようにやって来た。二人で逃げた。

「その夜、姉さんは背中を焼かれた。俺のせいなんだ」

唯夫は市街を見下ろしたまま淡々と言葉をつづけた。長い間、君にもだまっていたけれど、姉さんは、背中にひどい火傷の痕がある。小学生の頃、一度だけ見た。ケロイドになって背中一面ひきつったような傷痕だ。それ以来見ていない。ただあの傷は俺のせいだとずっと心の奥に痛みが残っている。俺のせいで姉さんは背中を焼かれたんだと……。

「どうしてあなたのせいだなんて言うの」

鈴江は、そっと唯夫の手に自分の手を重ねた。

「空襲のせいだ、戦争のせいだと何度も自分に言いきかせたけど、姉さんを見るとどうしてもあの夜のことが思い出されるんだ」

二人が逃げたのは、田んぼの中だった。近くに焼夷弾が落ちて泥につき刺さった。

油脂焼夷弾はたちまち燃え上がる。泥田に足をとられてすぐ近くで唯夫が転んだ。泥水に浮いたガソリンに火がつき周囲が燃え上がっていた。その時、菊乃が唯夫におおいかぶさった。菊乃の背中が燃え上がった。誰かが、その背にぬれた布団をかぶせ火は消しとめられた。菊乃は、しっかりと唯夫を抱き炎から逃れた。

「熱いとも言わなかったよ。大丈夫、大丈夫、お姉ちゃんがいるからって、泣き叫んでいる俺に言ったよ。ようやく夜が明けて、俺は姉さんの背中を見た。着ていた物が焼けてほとんど裸になっていた。泥にまみれ、赤く皮がむけ黒ずんだところもあって、子ども心にもひどい火傷だってわかった。誰かがあの時、布団をかぶせてくれなかったら、姉さんは俺をかばったまま焼け死んでいただろう。俺も姉さんがかぶさってくれなかったら、きっと死んでいた。事実、家へもどる途中で、真っ黒に焦げた人の姿をいくつも見た」

今まで誰にも話さなかったことだけどと、唯夫は微笑して鈴江を見た。ようやくこうして話せるようになったよ、昨日姉貴が火傷したってきいたせいかな、それよりも今、君に姉さんをひきとることをわかってほしかったせいかなあと唯夫は言った。鈴江は唯夫の手を黙って握りしめた。心の中に、まるで今の秋の日ざしのようにあふれ出るものがあった。菊乃がいなかったら、私は今こうしてこの人と一緒にいることはできなかったのかもしれない。

「家はすっかり焼け落ちていて、母親が狂ったように俺たちの方へ駆けて来た。そして姉さんを見て悲鳴をあげたよ。姉さんは俺を母親に渡すと気を失った。それからのことはあまり覚えていない。ひどいもんさ、戦争は見さかいなく人を殺す。姉さんは今思えばはたち前の、娘ざかりだったんだ。やさしくて、綺麗で、俺の大好きな姉さんだった」

菊乃はそのあと病院で手当てを受けたが、病院もほとんど焼失していて、命はとりとめたものの満足な治療は受けられなかった。ひどいケロイドが背中に残った。四十歳を過ぎるまで独身を通したのは、その傷痕のためだと唯夫はずっと思っていた。

「あそこで俺が転びさえしなければ、いや俺がいなかったら姉さんは逃げることができた」

最後に唯夫は呟くように言った。

「誰のせいでもない。もしかしてあなたが弟でなくても姉さんはきっとそうしたと思う」

鈴江は唯夫の横顔に目を当ててきっぱりと言った。唯夫は鈴江の手を離すと立ち上がった。

「行こうか」

「ええ、その前にひとつだけあなたに訊いておきたいことがある」

「何」

「あなたは私と結婚するとき、生涯独り身かもしれないお姉さんへの責任を果たそうとして、私を選んだの。私がおとなしくて、何でもあなたの言う事をききそうだと思って」

姉さんの背中を一生背負っていく伴侶としてだけ私を選んだの……。強い眼差しになった鈴江を、おどろいたように見返して唯夫は言った。

「そうだな。それもあるかもしれないが……」

そう言うと唯夫は鈴江の足許にちらりと目を走らせると、

「その靴よく似合ってるよ。俺はなあ、歩き方の綺麗な女《ひと》が好きだった。歩き方にはその人の品格が現れるからな。君は思った通りの人だったよ」

そんなこと今更言わせるなよと照れくさそうに言うと、唯夫はロープウェイの下りの乗り場にさっさと向かって行った。

鈴江は空を見上げた。また枯葉が風にのって流れた。木の葉はしばらくして深い谷間へ静かに舞いおりて行った。

秋が過ぎ、もうすぐ冬が来る。人生にも冬があるとすればそれは二度とめぐりくることのない季節だ。冬は好きと鈴江は思う。厳しい寒さの中でこそ、時折の日だまりは今まで生きて来たことへの休息の場所と思える。鈴江の肩を打つように枯葉がまた一枚二枚……木々は葉を落としいさぎよく裸木《はだかぎ》になる。寒さの中でゆるぎなく立つ。人の老いの姿もそうでありたい。私の人生も満更でもないわと鈴江は思う。

唯夫と鈴江の冬の季節に、菊乃は決して入り込んでは来ない。菊乃は自分の冬をきっぱりと生きようとするだろう。そして生を終えるその日まで、背中の傷痕を、唯夫に見せることはない。

——見くびらないでちょうだい——

あの時胸を刺した言葉が、今は温かくよみがえる。今日もおそらく菊乃はそう言うだろう。

下りの乗り場で唯夫が手を振っている。このことは唯夫には黙っていよう。鈴江は足を速め乗り場に向かった。

秋色の中を登ってきたゴンドラが一揺れして、乗り場に着いた。

（了）

山椒

朝日を受けて伊吹山が白い稜線を青空に刻む。二月の空はすっきりと晴れわたり風も無い。朝食のトレイを持ったまま、敏朗《としろう》は食堂の一枚硝子ごしに山を眺めた。いい日だ、今日はまた特別にいい日だ……。敏朗の呟く声を聞きつけて、トレイをテーブルに運びながら、俳句をたしなんでいる武藤《むとう》さんが言う。

「おりおりに伊吹を見ては冬籠《ごもり》、ですなあ」芭蕉の句ですとつけ加え、武藤さんはトレイをテーブルに置いた。

先にテーブルについていた今井《いまい》さんが、ちんまりと白髪をうしろに丸めた頭をこまかく左右に振りながら、ほんとにいい日でござんすねえと相づちを打つ。今井さんはもう八十歳ぐらいだろうと思われるが、いつも和服姿で、どこか粋なところがある品のいい老婦人だ。以前軽い脳梗塞で入院してから後遺症で頭を振ることが気になるほかは、とてもそんな病気をしたようには見えない。

敏朗も、湯気のたつ味噌汁と、係の寮母さんが大きなジャーからふんわりとよそってくれた御飯を並べ、毎朝変わらぬ海苔と納豆、生卵と香の物といった献立てのトレイをテーブルに運んだ。

食堂ではそれぞれに自然と定席のようなものができており、敏朗の座るところは、一枚硝子ごしに伊吹山が望める場所で、その向かいに武藤さんと今井さんというのがいつもの顔ぶれになっている。四人ずつ座れるテーブルが、広い食堂にのびやかに配置され、朝のひかりの中で静かに老人達の朝食が始まっていた。

「どうです、足の具合は」

味噌汁を一口すすって武藤さんが話しかけた。

「ああ、昨夜はあんまり痛まなんだで助かりました」

リウマチと言われた足をちらりと見て、敏朗は空席のままの自分の隣の席に視線を移した。

「それよりも、家内がまだ帰ってこんので困ります」

敏朗が言うと、今井さんが少しあわてたように言った。

「お宅さんも若く見えると言っても、九十になりなさるんやし、あちこち悪いところも出ますやろ。大事にしてくださいねえ」

敏朗はうなずいて今井さんの顔を見つめ、

「文江《ふみえ》も、もうあんな年なのに飯田町の家へ行ったきりでねえ。もう十日ぐらいになるか。今日はこんないい日だから、迎えに行ってこようと思っとります」

と言った。

「そりゃあ奥さんが帰ってみえんことには、淋しいことやわねえ」

今井さんは箸の手を休め、ちょっとの間武藤さんと顔を見合わせた。

朝食をすませると敏朗は杖をついて部屋へもどった。清和苑というこのケアハウスへ入居して五年ぐらいになるが、部屋は夫婦室で、六畳の和室にリビングルーム、風呂、トイレ、小さな流し台もついていて住み心地は良い。和室に出しっぱなしの炬燵の中へ足をさし入れ、座椅子にもたれると敏朗はほっと息をついた。南に向いたベランダに、昨日ヘルパーが干してくれた洗濯物がそのままになっている。

敏朗はぼんやりと硝子ごしに空を眺めた。晴れていても伊吹おろしが吹き荒れる日が多いが、今日は風もなさそうだ。

妻の文江はどうしているだろうと敏朗は思った。十日ほど前、飯田町の家へ行き、そのあとまだ整理したいものがあるという文江を置いて、自分だけ足が痛むからともどって来たことを、敏朗は悔やんだ。

飯田町の家は、清和苑からタクシーで十分ほどの所にある。敏朗夫婦は入居する時、それまで住みなれた家をそのまま残して来た。敏朗たちのように、入居者のほとんどは自分の家や土地を処分せずにいるらしい。

なかには武藤さんのように、家も土地も売り払い、ほとんど身ひとつで入居した人もいる。校長まで勤めあげたという武藤さんは、以前さばさばした表情で敏朗に話したことがある。武藤さんは奥さんをここへ入居する前に亡くしていた。

「一人になった時に、長女夫婦が同居しようと言ってはくれたんですがねえ。子どもは何しろ女の子二人で、二人ともさっさと嫁に行っちまったから、それはそれで家内と二人のんびりとなんて思っとったですよ。退職してまだしばらくは私も働いていたんで、やっとほっとしてこれから海外旅行でもという矢先に逝かれてしまってね、死なれてみると男は駄目なもんで不便でかなわん」

さすがに武藤さんは淋しそうに笑った。

「娘らと同居してご隠居さんで、孫の守りでもしておれば幸せやったかもしれん。でも婿どのの顔色見ながら暮らすのも嫌なもんです」

「私らには子どもがおらんで、そんなこと贅沢な悩みやと思いますよ」

敏朗が言うと、武藤さんは首を振った。

「今はね、子どもがいたっておらんと同じこと。子どもをあてにしたらいかん時代です。ここへ入って、幸い年金もあるし自分の始末は自分でつければいいと思っとります。動けんようになったら、ここでちゃんと介護はしてもらえるからねえ。家も土地も売りはらって、なあにたいした財産じゃないけど、娘ら二人で分けるように遺言書も書いてあります。そうそう尊厳死協会にも入会申し込みしてあるんですよ。管《くだ》につながれていつまでも生かされていたくないからね」

家やら土地やら無い方が、いっそさばさばと前向きに生きられる、背水の陣ってやつですよと話す武藤さんを、敏朗はちょっと眩しい思いで見た。自分にはまだそこまでは割り切れないあの家への未練があるのをいささかあさましいとも思った。文江も同じことで、なかなか始末するとは言わず、時折は帰って掃除をしたりするのを楽しみにしていた。

しかしもうそろそろ……と思いたったのは、年も年だが、去年の正月過ぎ風邪が元で二人とも肺炎をおこし入院したことがあってからだ。幸い治って苑にはもどってこられたが、この調子ではいつまで元気でいられるのかわからない。いっそさばさばと武藤さんのように自分たちの目の黒いうちに始末しておこう。敏朗がそう言い出した時、文江は一瞬つらそうな表情を見せた。

「わたしねえ、あの家から葬式出してもらいたかったんや」

「そりゃ俺だってそうさ。だけどあの場所でやるとなると、ご近所にも世話をかけんならん。苑にみんな任せた方が、後に残って始末するもんにとっても楽やろうし」

「やっぱり子どもがいないってことは、淋しいこっちゃな。元気な頃はかえってそんなもんおらん方が面倒がなくてええわなんて強がっとったけど」

そう言って文江は小さな声ですまんことやったとつけ加えた。

「今はなあ、子どもがおっても老後の面倒をちゃんとみてくれるとは限らんで」

敏朗は以前武藤さんの言ったことを思い出して言ったが、口に出してみると、そんなこともやはり淋しいことやと思った。

始末するとなると三十坪たらずの小さな平屋建ての家でもかなりの時間と労力がいった。誰の助けも借りず、ぼつぼつと二人でタクシーで通っては家の中の整理にかかった。苑へ入居する時にもかなり整理しておいたのだが、いざとなると、思いもかけず大量の品物があふれ、家具の一つ一つにも愛着があって、それらを捨てることのつらさがもう九十に近い二人の身にはこたえた。何とか片がついたのは昨年の暮れで、敏朗は「売り家」と大きく墨で書いた紙を玄関に貼りつけた。しかしそれからもちょくちょく文江はまだ残っているものを片づけなければと飯田町通いをしていたのだった。

やはり一緒にもどってくればよかった。文江は年のわりには頭もしっかりして、元気だといってもやはり心配だ。電話ぐらいかけてよこせばいいのにと、敏朗はどちらかと言えば楽天的な文江に、愚痴のひとつも言いたくなる。昨夜もこちらから電話をかけたのに誰も出なかった。きっと仲の良かった裏の奥さんの家へ上がりこみ、お茶でも飲みながらおしゃべりでもしていたのだろう。しょうのない奴だと敏朗は呟き、やはり今日は迎えに行こうとタクシーを呼ぶために、炬燵の傍らの文机《ふづくえ》の上にある電話機へ手を伸ばした。

飯田町の家へ着くまでの車窓から、荒涼とした冬景色の向こうにまたくっきりと伊吹山が見えた。家の縁側からも四季折り折りの伊吹山を見ることができた。ことに冬晴れの青い空にかっきりと、まるでナイフで切り取ったような稜線を見せる冠雪の伊吹山が、敏朗は好きだった。

タクシーを降りて、若村という表札がそのままの家の玄関に手をかけると、戸締まりをしていない戸は音もなく開いた。売り家と書いて貼っておいた紙がなくなっている。買い手はまだついていないのに、文江がはがしてしまったのかと思いながら、土間に足を踏み入れた。がらんとした玄関先にふうっとなつかしい匂いがした。山椒を煮る匂いだ。まさかと敏朗は頭を振った。台所ののれんごしに、白い割烹着の和服姿がちらっと見えた。文江が、お気に入りの大島の着物を着こんで、台所でのん気に立ちはたらいているのに、つい敏朗は声を荒らげる。

「いつまでここにおるんや。もうそろそろ戻ってこんか。もうすることもないやろに」

文江は小さなアルマイトの鍋を片手に、のれんをかき分けて出てくると、

「あんた、大丈夫なの、足の方は」

と屈託のない声で言う。

「ああ、それよりお前の方が心配や。電話かけても出えへんしな。心配したぞ」

それには答えず、文江は台所につづく茶の間に置きっ放してあった炬燵の上へ鍋をとんと置き、ふたを取った。山椒の香りがたった。

「なんや、やっぱ山椒煮とったんか」

「去年ゆでて冷凍してあったのが冷蔵庫に残っとったでな。流しの下に醤油も少しあったし、ガスは使えんけど、カセットコンロが使えたし……。冷蔵庫も炬燵も引きと

り手がなくて残してあってよかったわ。私の最後の料理や」

「最後なんて言うな。また今年の春に摘みたての葉で、今度は清和苑で作りゃええやろう」

敏朗は気持ちがしずまり、炬燵に足を入れた。

「もうこんな根気のいる仕事はできんわ。絞るのだけはあんたの力でやってもらわんとな」

敏朗は立ち上がると流しで手を洗い、山椒の葉がくろく煮上がっているのを、ちょうど握り飯でも作るように丸めて絞った。

「それ一つで十分やろう」

文江は黒い塊を受けとり、炬燵の上の新聞紙へほぐしながら広げた。また山椒の香りが立ち、その香りは二人がまだ元気でこの家にいた頃を思い出させた。

養老の山のふもとに住む元《げん》さんが、山椒の葉が茂る春の終わり頃よく摘んで一抱え持ってきてくれた。山地に自生するそれは、葉つきも荒々しく鋭い刺が指をさしたが、ていねいに水洗いしてさっとゆでてアクを抜く。初めは醤油で煮て絞り、また今度は新しい醤油で煮てゆく。最初の醤油で、敏朗はよく昆布をたいた。山椒の香りの移った昆布は美味で、知人に配ってよろこばれたものだ。二度めはゆっくり煮ていくと量は三分の一ほどに減り、またそれを絞って陰干しにする。あまり乾ききらないうちに瓶詰にしておくと一年はもった。温かいご飯に、お茶漬けにと山椒の葉のつくだ煮は、わずかに舌を刺す風味と香りで、毎年なくてはならないものとして作りつづけた、文江の得意料理のひとつであった。

「元さんも、すっかり弱ってしもうてもう山の中へ入ることもできんようになったそうや」

「前は、時々猪をうって、その肉も届けてくれたもんやったになあ」

敏朗は、この地に住みついてから親しくなった友人の顔をひとりひとり思い出すように呟いた。

「そうやねえ、もうこんなもの若い人らは喜ばんやろうし」

文江は言いながら、広げた山椒をいとおしむようにゆっくりとかきまぜた。

「あんたも、随分と食い道楽やったな」

「親父の血をひいとるんやな。親父もうまいもんには目がなかった」

敏朗が十六歳の時、両親が相次いで亡くなった。伝染病のためだが、まだ二人とも四十歳を少し出たばかりだった。両親の思い出にはいつも、食べる物がついてまわるなと、敏朗は苦笑いした。しかし年老いてから、妙に両親がなつかしいのも事実で、季節ごとに、若狭や京都から河豚や、ぐじの一夜干しやらとり寄せてよく食べたものだ。敏朗がそれを言うと、文江は、

「あんたのお母さん、若狭の塩鯖で、鯖寿司をこしらえるの上手やったって、よく晴《は》子《こ》さんが言っとたわ」

と、とっくに亡くなった敏朗の妹、晴子の名を口にした。

「そういやあ、晴子も寿司を作るのが好きでよう作っとったな」

晴子かと敏朗は呟き、妹や両親と囲んだ大きな屋敷の広い板敷きの台所での食事風景が目に浮かんだ。死んだ妹はきっとあそこへ帰っていったのだろうと敏朗は考えた。

京都でのゆたかな暮らし、両親の急死と没落、戦争、めまぐるしい人生だった。流れ流れて朝鮮半島の日本人町で出会った妻の文江、あの頃は、ゆたかな黒髪を束髪に

結い、大きな瞳が美しい娘だった。文江に出会い、結ばれたことが唯一幸せだったと敏朗はしみじみと思った。

兄さん、養子をもらってこの若村家を絶やさんようにしてえなと、いつも言っていた晴子の言葉などずっと聞き流してきたのであったと、時折苦い悔いをかみしめる。妹も死に今は自分と、これも身寄りのない文江だけがとり残されている。俺が死んだら若村家という一つの家が消える。そして文江と自分もいつかは無縁仏になる。姪や甥はいても皆遠方に住み、時折電話はあるものの会いに来ることなどまず無い。

文江も終戦の年にたった一人の母親を亡くし兄弟姉妹もなく、親類縁者とは縁切り状態だ。お互いの両親の位牌は永代供養料を添えて寺へ預けた。墓は作ってあるが二人が死んだ後、誰が参ってくれるのか、おそらくただ朽ちていくだけだろう。

「ま、死んだ後のことなんかくよくよせんことや」

敏朗の思いを見すかしたように文江は言い、煙草に火をつけて、二口ほど吸うとすぐもみ消した。煙草はあぶないでやめよと言っとったやないかと敏朗は言って、それでも文江は二年ほど前にすっぱりと煙草はやめていたのにと、文江を見やった。文江は炬燵に足を入れたまま、ころんと横になってしまった。

「疲れたんやな」

敏朗は蒲団を文江の肩まで上げてやった。炬燵に足をつっこんだまま敏朗は床柱の光沢に目をとめた。

「この家を建ててくれた大工の新市《しんいち》さんも、亡くなってしまわれたな。床柱や柱の一本一本吟味して一人でこつこつ建ててくれた。もうあんな棟梁は今どきおらんやろう」

「そうやね、今見てもこっくりして、五十年近くもたったとは思えんね。建て付けもちっとも狂っとらんわ」

横になったまま、文江も言う。

「でも、この家を建てる前の家ときたらひどいもんやった」

「そういえば、あんた自分一人で建てるといってがんばったもんな。つとめの暇にこつこつと木を刻んで、その木も給料から一本、二本と買いためて」

ようやったもんやと、敏朗もあの戦後のどさくさに復員し、やっと文江のいるこの町へ辿り着いた日からの夢中で過ごした一日一日を思い出した。

文江が終戦の年、引揚げの途中で母親を亡くし、つてを頼ってこの町の寺の離れに住んでいたところをようやく探しあててころがりこんだ敏朗であった。それから三年もたった頃、寺の住職に暗に出ていってほしいと言われてから自分たちの家を自力で建てようと思いたったのだった。丁度引揚者を対象に役場の土地が払い下げられることになり、三十坪ちょっとの土地が手に入った。その頃、文江はそろばんの腕をかわれて町の郵便局に勤めており、敏朗もそのつてで郵便配達の仕事をしていたので、当時八千円という高額の金を局長が貸してくれた。

仕事の合間の大工仕事も半分は楽しみで、やっと完成したのは一年後、家というよりバラックといってよい造りであった。六畳一間に台所と便所だけで、畳もなくむしろを敷き、壁は荒壁のままであったが、寺の間借りを解消してバラック建てながら二人だけの住む家が出来上がった喜びは大きかった。前の道を通る人が、あれが郵便屋さんの建てた家やと指さしていくのも苦にならず、鍋釜だけの所帯から少しずつ家具も買いととのえていった。

「あんな家でも泥棒に入られたことがあったねえ」

「そうやったな。俺のたった一つの財産、懐中時計を盗られたたな。あれは親父の形見やったから、戦争のときも肌身はなさず持っとったのに」

そんな事件がきっかけで、もっと家らしい家をと、二、三年もたった頃知り合った近郷の大工、新市さんが家を建ててくれることになった。良心的に費用も安く、こつこつと一人で建ててくれたのがこの家だ。

「こわすのは惜しいねえ。なんだか自分がこわされるみたいで」

と文江が言う。

「そんなこと言っても、死んでから住めるわけはなし、誰もこんな古ぼけた家には住まんやろう。造作は狂っとらんといってもな」

「やっぱりこわすんやね」

「そりゃあ買い手がなけりゃこわして更地にして売らんならん」

「しかたないか」

「俺たちも、行きつくところへ行きついたのさ」

「あとは苑でお世話になって、出来ることなら病みつかないでころんと死ねたら、それでいいわね」

「そうさ。どちらが先に逝くかわからんが、残ったものはみんな苑に寄付していけばいい。そう書いたものも事務所に預ける」

「ほんとうに淋しいことやね」

「いや、近頃俺はな、お前と一緒に過ごせたことをほんとに幸せやったと思っとる。苦労は山ほどしたけど、人並みに旅行もしたしうまいもんも食べた。何の悔いも残っとらん」

「単純な人やねえ」

文江はくすりと笑うとしんみりと言った。

「あんたの子を産んであげれんかったのが、わたしは一番心残りや」

「そんなこと、どっちが悪いというもんやないしな。俺の家もお前の家もこれで絶えるが、それはそれでいいさ。これも運命やろ」

敏朗はふと文江を見た。横になった文江の目尻から一筋涙が流れた。豊かだった黒髪が真っ白になり、短く刈りこまれて、すっかり老婆じみているのが、敏朗の胸を打ち、自分も涙ぐみそうになっていそいで立ち上がった。

「さあ、いつまでもおっても仕方ない。帰るとするか」

敏朗はタクシーを呼ぼうと電話機へ手を伸ばした。

「帰るなんて言わんで。帰るところはこの家しかないのに」

「何言うとる」

「あんたもずっとここに居たらいいやない。私は、苑へはもどらんよ」

「そんな無理言うもんやない」

「山椒がまだ乾いとらんよ、乾くまではあんたもここにいてよ」

いつのまにか起きあがり、敏朗を見つめる文江の瞳が大きく見ひらかれ、敏朗は初めて文江と会った時と同じ目だと思った。美しく若々しい目だった。その目にみつめられ、敏朗は受話器を置いた。そしてしずかに言った。

「よし、俺ももどらん。ここが俺たちの家だ。ずっとこれからもここに一緒に居よう」

うれしそうに笑った文江のからだが透きとおっていくのを敏朗は見た。敏朗の体も急に軽くなり、こんないい気分久し振りやなと、寄り添うように文江の方へ手を伸ばしたまま、敏朗はひとつ大きく深い息をして眼を閉じた。

今朝も食堂の一枚硝子ごしにくっきりと伊吹の空は晴れわたっている。

武藤さんは手を後ろに組み窓際に立って、しばらく山の姿を眺めた。敏朗の妻の文江と仲の良かった山本《やまもと》さんが近くに来て語りかけた。

「まだ、若村さん昨日の朝はお元気で、朝ご飯食べてみえましたのにねえ。あれが最後だったなんて思いもよらなんだ」

「昼ご飯の時、ちっともみえなんだので変だなあと思いましたよ」

武藤さんはそう言って、昨日のことなのに、ずっと遠い日の出来事のように思えると誰にともなく呟いた。

昨日、昼食の時間が過ぎてもなかなか食堂に姿を見せない敏朗を案じて、寮母さんが部屋へ見に行き、受話器を握ったまま、炬燵でがくんと首を垂れた敏朗をみつけたのであった。騒ぎになって、すぐ病院へ運ばれたが、すでに敏朗は息絶えていた。

「昨夜は仮通夜で……。ご苦労さんでした」

と、自然に武藤さんの周りに集まった老人達の一人が言った。

「ええ、一応皆さんの代表で出させてもらいました。今夜は都合のつく方は、できるだけ出てくださいよ。ご親戚の方も少ないし、私らで見送ってやりたいですよ」

「若村さんも奥さんの文江さんが亡くなられてから、急にすっかり呆けてしまわれて、文江さんが飯田町の家へ行ったまま帰ってこんと、よく言ってみえましたねえ」

と、今井さんが言うと、うなずきながら武藤さんは、

「文江さんもしっかりしてみえたけど、今年の正月かねえ、足の骨を折って入院され、それに、飯田町のおうちがこわされたときいてから、急に弱られましたね」

と言い、今は、すっかり更地になっているその土地をいつかみたことを思い出した。思ったより狭く、両側にのしかかるように二階だての家が建ち、すぐ前には三階だての中学の校舎が建っていた。跡形もない家の跡を武藤さんは、自分の家の様子とひきくらべ、痛々しい思いでみた。そしてそのことは敏朗たちにはとうとう言わなかった。

「やっぱあんなに大切に思っとった家がこわされてしまったということで、文江さん気落ちして亡くなってしまわれたのやろか」

「それにしても、文江さんが亡くなられてちょうど一か月や。うらやましいくらい仲の良いご夫婦やったで、敏朗さんすぐに後を追われたんや」

いい死に方やと老人達は話し合い、その中で、山本さんがぽつりと言った。

「人間、帰るところがなくなるとあかんのかしら」

急に老人達はしんとして、それぞれトレイを手にすると、朝食を自分の席へ運び始め、武藤さんのまわりには誰もいなくなった。

「帰るところか」

武藤さんは呟いた。自分はどこへ帰ろうとするのだろう。老いて呆けた母親を看とった時、母親はしきりに帰りたがった。自分の家にいても帰ると言ってきかなかった。それは、母親が生まれ育ったところへだったかもしれぬと、今にして武藤さんは思った。妻は、どこへ帰っていったのだろうか。もう家もない自分は、どこへ帰ろうとするのだろうか。

武藤さんは伊吹山の上に広がる青い空をみつめた。白い雲が一つ浮かびそのまま動かない。自分が帰るのは、きっとあの空だ。

武藤さんは一つうなずくと、ポケットから手帳を取り出し一句書きつけた。

冬晴れの伊吹に帰る雲もなし

テーブルでは、今井さんが手押し車のポケットから取り出した小さな瓶の中味を、皆のご飯の上に少しずつ配っている。

「去年、若村さんに頂いた山椒の葉のつくだ煮、まだ残っとったけどどうもなっとらんですよ。これはほんとうにおいしい。上手に煮たるもんや」

「作り方、文江さんに教えてもらっときゃあよかった。後の祭りか」

笑い声があがり、季節はずれの山椒が香った。

今日も一日、晴れそうである。

（了）

あとがき

人は誰しも年をとります。自らの老いに向き合うとき、決して目をそらさず静かに諾《うべな》う心を持ちたいと思います。円熟とまではいかないまでも、この齢だからこそ見えるもの、また感ずるものがある、それを拾い上げ文章を綴る、そのことが拙いながらも読む人の心に響き、共感を得ることができれば、大きな喜びともなるのです。

年老いた人を見るとき、私自身をもふくめてその人の歩んできた道、その道筋はそのままひとつの物語であり、いくつもの物語があるのだと思うようになりました。

本書の三つの作品は、私の二十余年に及ぶ同人誌の掲載作品の中から選びました。特に、亡き父母の生涯を書き遺したい想いが強く、「枇杷の花」という小説を書き上げましたがその作品を踏まえて、「愛別の記」を仕上げ、老いという現実に真向う夫婦や、ひっそりと二人だけの最期を迎える老夫婦を描きました。

この三つの作品が上梓されるにあたって、出版社各担当者の励ましや丹念な校正、助言があったことに深い感謝の意を表します。

これまで多くの作品を書き続けてこられたのは、同人誌という発表の場があったからです。そして同人仲間との切磋琢磨や、きびしさの中にも同志としての強い結びつきがあったことも否めません。

同人誌の仲間にも支えられ、これからもこの齢にして見ゆるものを大切に書き続けることができたらと思っています。

令和元年夏

山名　恭子

〈初出〉

※　山椒　…………　平成十四年九月

※　冬構　…………　平成十六年三月

※　愛別の記……　平成十七年三月

著者プロフィール

山名 恭子（やまな きょうこ）

・1934年　東京都生まれ
・岐阜県在住
・岐阜大学学芸学部国文科二部修了
・1955年〜1989年　教職
・1990年〜1996年　俳句結社「日輪」所属
・1995年　「長良文学の会」入会
・中部ペンクラブ会員
・「長良文学」同人

愛別の記

2019年９月15日　初版第１刷発行

著　者　山名 恭子
発行者　瓜谷 綱延
発行所　株式会社文芸社
〒160-0022　東京都新宿区新宿1－10－1
電話　03-5369-3060（代表）
03-5369-2299（販売）

印刷所　株式会社フクイン

ISBN978-4-286-20896-1